Marc Schneid

Wir sind noch hier!

Roman

Über den Autor:

Der Autor Marc Schneid, 1983 in Mannheim geboren und aufgewachsen, hat bereits in seiner Jugend die Leidenschaft für das Schreiben für sich entdeckt. Neben kleineren Veröffentlichungen von Artikeln in regionalen Publikationen erschien mit »Canarian Nights« 2018 sein erster Kurzgeschichtenband. Seine Figuren sind vielschichtig und abwechslungsreich und sind in unterschiedlichen Genres zu Hause.

MARC SCHNEID

WIR SIND NOCH HIER!

1. Auflage

© 2024, Marc Schneid

Coverdesign / Titelgestaltung: Marc Schneid
Lektorat & Textkorrektur: Isabelle Jahraus, Rita Schneider
Titelbildquelle: www.pexels.com

Herstellung und Verlag: BoD – Books on Demand, Norderstedt

ISBN: 9783759750693

Teil 1

1

Immer donnerstags von 10.30 Uhr bis 12.00 Uhr. Der Raum war steril. Kahl und fade. Nicht mal Gemälde oder Fotografien hingen an den Wänden. Nur die klassische Glasfasertapete.

Ein paar unbequeme Stühle waren zu einem Kreis aufgestellt. Dr. Ali Ashanti saß mit einem Notizblock auf dem Schoß und einem Kugelschreiber in der Hand auf einem der Stühle, die Beine übereinandergeschlagen und sah stetig auf seine Armbanduhr. Es war bereits fünf nach halb elf am Morgen und er saß immer noch alleine in seinem Sitzungsraum in seiner Praxis in den Quadraten. Er wurde ungeduldig.

Leicht verärgert, dass niemand zu der vereinbarten Gruppenstunde kam. Als eine halbe Stunde später noch immer keiner erschienen war, machte er mit dem Kugelschreiber einen langen Strich über das Papier, stand schnaufend auf und ging zurück in sein Büro, wo er die Liste mit seinen Patienten aus der Trauma-Gruppe abtelefonierte. Die Telefonate blieben jedoch wenig erfolgreich. Entweder es ging keiner ans Telefon oder es sprang nur die Mailbox an oder es meldete sich nur der Anrufbeantworter. Er hatte sich von der ersten Sitzung mehr erhofft, als nur leere Stühle vorzufinden.

In den Einzelgesprächen glaubte er, es wäre eine gute Idee gewesen, eine Gruppe ins Leben zu rufen, in der seine Patienten die Möglichkeit eingeräumt bekämen, offen mit anderen, die ähnliches erlebt hatten, über ihre Situation sprechen zu können. Doch er hatte sich wohl getäuscht.

Das tat er selten. Er war überkorrekt und immer überzeugt von dem was er tat. Er hinterließ jedem eine kurze Nachricht und bot einen erneuten Termin am kommenden Donnerstag, um die gleiche Uhrzeit, an. Dann fügte er noch eindringlich hinzu, wie wichtig diese Gruppenarbeit für jeden Einzelnen sei, und dass sie doch unbedingt diese Chance wahrnehmen sollten.

Als er die letzte Nachricht auf Band hinterlassen hatte, sagte er frustriert seine restlichen Termine ab und machte für heute Schluss.

»So, es freut mich, dass Sie heute fast alle zu mir gefunden haben. Zwei fehlen, aber wir fangen trotzdem an. Ich heiße sie herzlich willkommen zu unserer ersten offiziellen Gruppenstunde.

Ich bin Dr. Ali Ashanti, Psychiater und Verhaltenstherapeut. Der eine oder andere kennt mich ja schon aus den Einzelgesprächen. Die beiden, die noch fehlen, wären heute zum ersten Mal zu mir gekommen. Wollen wir hoffen, dass sie das nächste Mal vielleicht zu uns stoßen werden.«

Dr. Ashanti saß wieder mit seinem Schreibblock und seinem Kugelschreiber im Stuhlkreis und ließ seinen Blick durch den Raum wandern.

»Ich weiß, dass es keinem leicht gefallen ist, heute hier zu erscheinen, doch wie ich ihnen in den Einzelgesprächen schon versucht habe zu vermitteln, kann es manchmal hilfreich sein, sich mit anderen Betroffenen auszutauschen, die das Gleiche erlebt oder ähnliche Erfahrungen gemacht haben« fuhr Dr. Ashanti fort und machte sich dabei erste Notizen auf seinem linierten Schreibblock. Die Anwesenden wirkten nervös und rutschten auf ihrer Sitzfläche herum.

In sich gekehrt und verschlossen folgten sie den Worten ihres Psychiaters, doch wirklich in dem kargen, sterilen Raum war noch keiner richtig angekommen.

Der Schmerz über den Verlust ihres geliebten Menschen hatte sie abgestumpft und verletzlich gemacht. Pünktlich die Termine bei den Einzelsitzungen in der Praxis einzuhalten, hatte sie schon immer sehr viel Überwindung gekostet.

Die Vorstellung, die Therapie nun in einer Gruppe fortzusetzen, verursachte ihnen Unbehagen. Jeder schaute zu Boden. Keiner konnte die anderen anschauen. Dr. Ashanti wusste über die anfänglichen Schwierigkeiten Bescheid und gerade bei Trauma-Patienten bedeutete das jedes Mal eine riesige Herausforderung für ihn.

Normalerweise war mindestens ein Anwesender dabei, der es kaum abwarten konnte, allen Beteiligten sein Leid zu klagen und drauflos zu plappern. Heute hielt die Stille Einzug in seinen Sitzungsraum. Es waren erst zehn Minuten vergangen und sie hatten noch achtzig Minuten vor sich. Dr. Ashanti musste sich etwas einfallen lassen, um seine Patienten aus der Reserve zu locken, wenn er nicht wollte, dass das kollektive Schweigen heute überhandnahm.

Dr. Ashanti bückte sich zu einem Stoffbeutel runter, der neben seinem Stuhl auf den Boden lag, und holte einen Softball heraus. Dann richtete er wieder das Wort an die Runde.

»Aller Anfang ist schwer! Ich weiß das nur zu gut. Doch wir wollen heute die Zeit sinnvoll nutzen und deshalb möchte ich Sie bitten, dass sich jeder, der den Softball von mir zugeworfen bekommt, sich kurz vorstellt und vielleicht ein paar Worte zu sich sagt, die ihm auf dem Herzen liegen. Es wird keiner zu irgendetwas gezwungen und keiner wird hier einer Prüfung unterzogen, doch ich möchte jedem Einzelnen helfen und dabei ist es von Nöten, dass sich jeder daran beteiligt und sich mir und der Gruppe öffnet.«

Begeisterung sah anders aus, doch seine Ansage bewirkte zumindest, dass einige aus der Gruppe hellhörig wurden und den Kopf aufrichteten.

Dann drückte Dr. Ashanti den Softball zusammen und warf ihn seinem Gegenüber zu, der den Softball auffing und etwas mit der Stuhllehne nach hinten kippte, weil er nicht damit rechnete, den Ball zugeworfen zu bekommen, und aus seinen abgeschweiften Gedanken gerissen wurde.

Wieder kehrte Stille ein. Dr. Ashantis Gegenüber war überfordert. Er wusste nicht, was er sagen sollte. Dann kroch es ganz tief aus ihm hervor. Seine Stimme klang dunkel und schwer. So, als läge eine schwere Last auf ihr und sie versuchte, das Gewicht dabei nach oben zu stemmen.

»Nur Mut. Es ist nur am Anfang schwer. Dann wird es leichter. Versprochen« warf Dr. Ashanti ein und versuchte, seinen Patienten mit dem Softball in der Hand anzuspornen.

»Wie ist Ihr Name und warum sind Sie hier?« fragte Dr. Ashanti.

Der Mann gegenüber starrte die Decke an, legte den Stoffball in seinen Schoß und schob seine Hände unter seine Pobacken.

»Mein Name ist Hans-Peter Huber. Ich bin 63 Jahre alt.«

Huber machte eine längere Pause und rang nach Worten, bevor er im Schritttempo weitererzählte.

»Ich bin hier, weil...«

Hans-Peter Huber fiel es jedes Mal unheimlich schwer, es laut auszusprechen. Jedes Mal, wenn er ansetzte und es aussprechen wollte, bretterten die schlimmen Bilder durch seinen Kopf und er verfiel wieder in diese Ohnmacht, die ihn systematisch lähmte und außer Gefecht setzte.

Die furchtbare Machtlosigkeit, als ihm seine Frau entrissen wurde, mit der er zuvor noch Hand in Hand spazieren gegangen war.

»Aaaaaaahhhh.«

Hans-Peter Huber schrie auf und hämmerte mit seinen geballten Fäusten gegen seine Schläfen.

»Es hört einfach nicht auf. Es will einfach nicht aufhören und verschwinden. Alles ging so schnell und ich konnte einfach nichts tun. Plötzlich war alles vorbei. Meine geliebte Ute war weg. Ich habe versucht, sie festzuhalten, doch ich konnte es nicht. Sie wurde mir aus der Hand gerissen.«

Hans-Peter fing an zu weinen und setzte bei den anderen im Stuhlkreis Emotionen frei. Jeder aus dem Stuhlkreis sah sich wieder in seine eigene Situation hineinversetzt. Alle wurden unruhig und fingen an zu schluchzen. Anja Hellwig, die mit ihrem Mann Martin neben Hans-Peter Huber saß, flüchtete sich in die Arme ihres Mannes und drückte ihren Kopf tief in seine Brust.

Sie erlitt einen Weinkrampf und stöhnte gequälte und schmerzerfüllte Brocken heraus.

»Unser Baby ist tot. Tot. Tot. Tot. Elias war doch erst zwei. Und jetzt kommt er nie mehr zu uns zurück.«

Martin Hellwig umarmte seine Frau und hatte ebenfalls mit seinen Tränen zu kämpfen, doch er musste stark sein. Für sie beide.

Nach dem Tod ihres kleinen Sohns verwandelte sich ihre Familie in einen Scherbenhaufen, den sie Tag für Tag vor sich herschoben. Und beide hatten unheimlich damit zu kämpfen, die Trümmer aus ihrem Leben zu beseitigen.

Jeder verkroch sich in sein eigenes dunkles Loch. Es war schwer, dem anderen Liebe und Kraft zu spenden, wenn man selbst nichts mehr spürte außer Leere und Schmerz.

Anja Hellwig lag oft stundenlang mit dem Lieblingskuscheltier ihres Sohns auf dem Boden des Kinderzimmers, während sich Martin Hellwig ins Fitnessstudio flüchtete, um die schrecklichen Bilder in seinem Kopf heraus zu schwitzen.

Doch die Bilder verschwanden nicht und wenn er nach Hause kam, schnürte es ihm die Luft ab, wenn er am Kinderzimmer vorbeikam.

Oft beobachtete er wortlos seine Frau, die heulend am Boden lag und Selbstgespräche führte. Ihr Zusammenleben war überschattet.

Es viel ihnen schwer, über ihre Gefühle zu sprechen, so schwiegen sie sich die meiste Zeit nur noch an und lebten nebeneinander her.

Anja hatte den ersten Schritt gemacht und sich bei Dr. Ashanti professionelle Hilfe gesucht.

Ashanti hielt es für eine gute Idee, dass sie ihren Mann Martin zu den Gruppensitzungen mitbrächte. Anja Hellwig hatte lange auf ihren Mann Martin eingeredet, bis er sich überwinden konnte und sie zu den Sitzungen begleitete.

Dr. Ashanti gab den Emotionen seiner Patienten Raum und blieb stumm, bis er wieder den Softball von Hans-Peter Huber einforderte, um eine neue Runde zu beginnen.

»Möchten Sie jetzt etwas sagen?«, fragte er seine rechte Sitznachbarin und zeigte mit dem Softball in ihre Richtung. Sie nickte sanft, dann warf er ihr den Ball zu. Auch Inka Bartel wurde von ihren Tränen beherrscht und musste sich zuerst sammeln, bevor sie etwas von sich erzählen konnte. Ihre Stimme zitterte.

»Ich, ich kann es einfach nicht begreifen. Warum ein Mensch so etwas tun kann. Jeden einzelnen Tag stelle ich mir diese Frage. Ich schlafe kaum noch, weil ich an nichts anderes denken kann, als an meinen Sohn. Er hatte gerade sein Medizinstudium abgeschlossen und hätte dann im Januar an der Uniklinik sein praktisches Jahr angefangen.

Er war so ein wunderbarer, hilfsbereiter Mensch, der keiner Fliege etwas zuleide tun konnte. Im Gegenteil. Er hat schon immer versucht allen zu helfen und man hörte von ihm nie ein Nein. Es ist so ungerecht.«

Ihre faltigen Hände begannen an zu zittern. Sie schnäuzte in ihr verkrumpeltes Papiertaschentuch und wischte sich den Nasenschleim von ihrer Nase.

»Möchten sie sich noch vorstellen?«, entgegnete ihr Dr. Ashanti, der etwas auf seinen Schreibblock notierte.

»Ach so, ja, Entschuldigung. Ich heiße Inka. Inka Bartel. Ich bin neunundsechzig Jahre alt und ich habe vergangenen Dezember meinen Sohn verloren. Von einer Sekunde auf die andere wurde sein Leben ausgelöscht. Ich bekomme seitdem kaum noch Luft. Wenn ich versuche, die Augen zu schließen und zu schlafen, dann erscheint mir immer das Bild von dem Moment, in dem er in der Warteschlange steht, um uns etwas zu essen zu holen und er einfach überrollt wird. Plötzlich war alles vorbei. Das Unglückhatte uns alle überrascht. Ich bete jeden Tag dafür, dass mein geliebter Sohn keine Schmerzen hatte und nicht leiden musste und gar nichts davon gespürt hat. Ich wollte zu ihm hinrennen, doch ein Mann hielt mich fest und hinderte mich daran. Ich wollte mich losreißen und meinem Jungen helfen, doch es war zu spät. **ES WAR EINFACH ZU SPÄT!**«

Inka Bartel wurde leiser. Ihre Stimme versank in der Kraftlosigkeit ihres Kummers. Sie kam in einen zornigen, hasserfüllten Zustand. Sie drückte den Softball so fest sie konnte zusammen. Dann hörte sie auf, zu erzählen.

Sie wurde ganz blass im Gesicht. Dann setzte Kurzatmigkeit bei ihr ein. Ihr Hals zog sich zusammen. Sie schrie in die Runde, dass sie keine Luft mehr bekäme. Ihr wurde schwindelig und schwarz vor Augen. Inka erlitt eine Panikattacke.

Alles stürzte auf sie ein. Der sterile Raum wurde enger, dunkel und bedrohlich. Ihr Brustkorb zog sich zusammen und ihr Herz fing an, wie wild zu schlagen.

Dr. Ashanti stand von seinem Stuhl auf und kniete sich vor ihr hin und nahm ihre beiden Hände.

»Tief durchatmen. Ganz fest einatmen und lange ausatmen. Dann auf drei zählen und wieder tief Luft holen«, redete er ihr gut zu und versuchte, sie von ihrer Attacke abzulenken.

»Es ist gleich vorbei, Inka. Konzentrieren Sie sich auf etwas Schönes. Denken Sie an Sonne, Strand und anrauschendes Meer.«

Dr. Ashanti drückte mit seinen Daumen fest in ihre Handflächen und schaute Inka Bartel tief in ihre graugrünen Augen. Langsam senkte sich Inka Bartels Puls wieder und ihre Atemwege lockerten sich. Ihr wurde flau im Magen und sie musste sauer aufstoßen. Dann kehrte sie langsam in ihre gewohnte Wahrnehmung zurück. Sie zitterte am ganzen Körper und sie fror.

»Es tut mir leid. Wirklich. Ich hatte die Attacken eigentlich ganz gut im Griff. Ich weiß nicht, warum es jetzt wieder passiert ist.«

Die anderen aus der Gesprächsrunde saßen wie gelähmt auf ihren Stühlen. Sie wollten etwas tun. Etwas sagen, doch irgendetwas hatte sie innerlich blockiert und daran gehindert.

Dr. Ashanti stand wieder auf, als er sicher war, dass Inka Bartel soweit in Ordnung war und schlug den anderen aus der Gruppe vor, die heutige Sitzung etwas früher zu beenden.

»Ich denke, wir sollten heute etwas eher Schluss machen. Sie haben heute alle einen großen Schritt gewagt, der sie alle emotional sehr viel Anstrengung gekostet hat. Daher schlage ich vor, dass wir uns nächste Woche zur selben Uhrzeit hier wieder in meiner Praxis einfinden. Da heute sowieso noch zwei fehlen, ist das für den Anfang erst mal genug. Ich bedanke mich für ihre Offenheit und möchte Ihnen für die kommende Woche noch einen Spruch mit auf den Weg geben:

»Jeder neue Tag, den wir erleben dürfen, kann eine Chance sein für einen Neubeginn. Ich wünsche_Ihnen allen alles Gute und Kraft und wir sehen uns dann hoffentlich alle nächste Woche wieder hier.«

Dr. Ali Ashanti hoffte, dass er mit seinen Worten bei den Anwesenden durchdringen konnte, auch wenn es im Moment noch nicht den Anschein machte, als würden seine Worte Früchte tragen. Die heutige Sitzung schien allen durch Mark und Knochen gefahren zu sein und sie mussten die Gruppensitzung erst mal bei sich sacken lassen. Einer nach dem anderen stand zurückhaltend von seinem Stuhl auf und verließ eingeschüchtert und zusammengekauert den Sitzungsraum. Inka Bartel blieb als Letzte zurück und bedankte sich nochmals für Ashantis Unterstützung.

»Immer daran denken, Inka. Tief durchatmen. Es passiert Ihnen nichts. Immer daran denken, was wir in den Einzelsitzungen besprochen haben. Der Alptraum ist vorbei und jetzt liegt es an Ihnen, sich nicht mehr länger von ihm beherrschen zu lassen«, sagte er und lächelte ihr zu.

Inka Bartel nickte verhalten und lächelte zurück.

»Danke, Dr. Ashanti. Danke. Ihre Worte bedeuten mir sehr viel!«

Dann verließ Inka Bartel ebenfalls den Sitzungsraum. Dr. Ashanti blieb zurück. Er setzte sich wieder auf seinen Stuhl. Er faltete seine Hände hinter den Kopf und lehnte sich zurück. Dann pustete er fest Luft aus seinem Mund.

»Puh. Das war heute intensiver, als ich erwartet habe«, sagte er laut in den leeren Raum und schloss dabei die Augen. Er brauchte eine Pause, bevor er den nächsten Patient empfing.

Er konnte nicht gleich umschalten und sich auf den Geschäftsmann mit Profilneurose einlassen. Er hatte viel viel Arbeit mit seiner Trauma Gruppe vor sich, das wurde ihm heute bewusst.

Heute war wieder so ein Tag gewesen, an dem er sich wünschte, er hätte nicht auf seinen Vater gehört und lieber einen Handwerksberuf erlernt, auch wenn er aus einer Akademikerfamilie stammte und von ihm erwartet wurde, dass er die Tradition fortführte.

2

Die Gruppe der letzten Therapiesitzung hatte sich schon eingefunden, als er abgehetzt in der Tür des Sitzungsraumes stand und verloren in den kargen Raum blickte. Dr. Ashanti kam aus dem Hintergrund und stand hinter ihm.

»Hallo«, begrüßte er den jungen Mann, der mit hängenden Schultern in seiner verbeulten schwarzen Cordhose und seinem khakifarbenen Regenparka vor ihm stand.

»Trauen Sie sich. Es beißt sie keiner. Keine Sorge!«
Dr. Ashanti schaute auf seine Patientenliste und blieb mit seinem Zeigefinger in der Zeile mit seinem Namen stehen.

»Steevenson, richtig?«

»Ja«, antwortete der junge Mann und ging einen Schritt nach vorne durch den Türrahmen.

»Suchen Sie sich einen freien Platz, ich komme auch gleich dazu«, sagte Ashanti und deutete mit seinem Zeigefinger in den Sitzungsraum auf den Stuhlkreis.

»Ähm...Dr....« ihm fiel der Name nicht mehr ein. Steevenson rang nach dem Namen.

»Dr.... . Ich habe es gleich«

»Ashanti!« antwortete er ihm raschs.

»Ja. Richtig. Dr. Ashanti, ich glaube draußen vor der Tür steht noch jemand, der nicht weiß wohin mit sich.«

Dr. Ashanti dankte ihm für die Information und lief zur Haustür, um draußen nachzusehen. Als Ashanti die Tür öffnete, sah er einen Mann im Flur stehen, der an der Wand lehnte und verloren auf den Boden starrte. Er schwitze stark und hatte ein knallrotes Gesicht. Dr. Ashanti schaute nochmal seine Patientenliste durch.

»Herr Kramer? Christoph Kramer? Sind Sie das?«, fragte er. Der Mann drehte seinen Kopf in Ashantis Richtung und es entwich ihm ein leises

»Ja, der bin ich.«
Dann schaute der Mann wieder zu Boden.

»Kommen Sie doch bitte herein. Die anderen sind schon alle da. Wir haben Sie das letzte Mal vermisst. Es ist schwer, aber versuchen Sie es doch wenigstens. Sie können sich einfach dazu setzen, ohne gleich etwas sagen zu müssen.«

Der Mann schaute wieder zu Ashanti, raffte sich auf und lief auf ihn zu.

»Ich danke Ihnen, Herr Kramer. Bitte hier entlang. Die zweite Tür links.«

Kramer und Steevenson standen, wie die anderen die Woche davor, verloren in der Mitte des Stuhlkreises und wussten nicht, wie ihnen geschah. Sie schauten sich um, dann nahmen sie auf den zwei freien Stühlen links von Ashantis Stuhl Platz.

»Schön. Heute sind wir also vollzählig. Das freut mich wirklich ungemein.«

Man konnte an seinem Gesichtsausdruck sichtlich ablesen, dass Dr. Ashanti stolz war, dass dieses Mal alle zu seiner Gruppensitzung erschienen waren.

»Ich würde gerne den beiden Neuen den Vortritt lassen, sich vorzustellen, bevor wir uns mit dem heutigen Thema befassen, dass ich vorbereitet habe. Möchte jemand von Ihnen beiden anfangen?«, fragte Ashanti und ließ seinen Blick nach links zu Kramer und Steevenson wandern.

»Alter vor Schönheit!« witzelte Steevenson und ließ Kramer den Vortritt. Kramer warf ihm kommentarlos einen bösen Blick zu. *Studenten. Ich mag sie einfach nicht*, dachte er sich, dann räusperte er sich und fing an, sich der Runde vorzustellen.

»Hallo Gruppe. Ich bin Christoph Kramer«. Kramer stand auf und winkte in die Runde.

»Hallo Christoph«, begrüßten ihn die anderen im Chor.

»Ich habe es letzte Woche einfach nicht geschafft. Ich stand pünktlich vor dem Gebäude unten, doch ich konnte mich einfach nicht überwinden, hochzugehen.«

Inka Bartel wurde hellhörig und schien sich zu erinnern, dann antwortete sie ihm, dass sie glaubte, ihn gesehen zu haben, sie war sich aber nicht ganz sicher gewesen, ob sie ihn ansprechen sollte. Kramer stimmte ihr zu und lächelte.

»Ja das war ich.«

Kramer fiel es alsbald leichter, offen in die Runde zu sprechen.

»...jedenfalls, wie soll ich sagen? Ich fühl nichts mehr. Gar nichts mehr. Ich weiß nicht, weshalb ihr alle hier seid, aber ich kann nichts mehr fühlen. Wenn ich morgens aufstehe und in den Spiegel schaue, sehe ich mich nicht mehr.

Alles ist tot in mir drin. Ich bin zwar anwesend ja, aber ich spüre nichts mehr. Es existiert nur noch ein Schatten, der mir zeigt, dass ich noch lebe, aber eigentlich existiere ich schon seit einem halben Jahr nicht mehr wirklich.«

Kramers Worte hatten ein kollektives Schweigen verursacht. Die anderen waren von seinen starken Worten überwältigt, weil sie genau nachvollziehen konnten, wovon er sprach – ging es ihnen doch nicht viel anders.

Dr. Ashanti unterbrach ihn kurz, um der Runde mitzuteilen, dass das auch ihr heutiges Thema in der Sitzung sei. Wieso man nach einem Trauma sein Bewusstsein verliert, sich selbst zu spüren. Dann überließ er Kramer wieder das Wort.

Kramer atmete tief ein und versenkte seine Hände in seinem Schoß. Die Konfrontation machte ihn fertig. Schweißperlen sammelten sich auf seiner Stirn und drückten sich durch seine Achseldrüsen in sein Unterhemd. Kramer roch seinen eigenen Schweiß. Er räusperte sich, dann erzählte er weiter von sich.

»Sie war mein blonder Engel gewesen. Mein Sonnenschein. Nachdem meine Frau vor drei Jahren an einer schweren Meningitis verstarb, gab es nur Lina und mich. Wir waren ein eingespieltes Team. Ich musste Mutter und Vater zugleich sein und ich habe immer versucht ihr die Mutter so gut wie es nur geht zu ersetzen. Ich hatte zwar meine Eltern und die meiner verstorbenen Frau als Unterstützung, doch wir beide wurden unzertrennlich. Sie hat mich gerettet und ich sie.«

Kramer unterbrach kurz und zog seine Nase hoch dann fuhr er fort.

»Ja und spielen konnte sie. Geige. Unglaublich. Ihr hättet sie spielen hören sollen. Ich bin ein einfacher Mann, der auf dem Bau arbeitet, doch

27

wenn mein blonder Engel anfing, Geige zu spielen, kam ich mir vor wie ein König. Bescheuert oder?«

Die anderen schüttelten den Kopf.

»Nein, Christoph. Überhaupt nicht«, sagte Hans-Peter Huber und stärkte Kramers Gedankengang.

»Als meine Frau noch lebte, hatten wir Lina an der Musikschule angemeldet und letzten Dezember hatte sie dann ihren ersten großen Auftritt im Jugendorchester.

Sie war schon Wochen vorher so aufgeregt und konnte den großen Tag kaum abwarten. Meine Eltern haben ihr sogar extra ein Kleid dafür gekauft, das sie sich selber aussuchen durfte.

Ihr könnt euch vorstellen, wie viele Stunden wir in den Kaufhäusern verbracht haben, bis wir endlich ihr Traumkleid in der Einkaufstüte hatten.

Sie war so unheimlich stolz und strahlte. Das war das erste Mal nach dem Tod meiner Frau, dass sie sich wieder auf etwas freuen und lachen konnte. Dann rückte der große Tag näher. Ich habe extra Kollegen und deren Familien mobil gemacht, damit sie, wenn sie von der Bühne aus ins Publikum schaut, ihren ersten offiziellen Fanblock vorfand.«

Kramer machte wieder eine Pause. Seine Stimme wurde trauriger. Sein Hals füllte sich mit Schleim, den er runterschluckte.

»Toll, Christoph. Wirklich schön von dir, ehrlich« sagte Anja Hellwig, deren kleine Augen anfingen, sich mit Tränenflüssigkeit zu füllen.

»Puh, Leute, das hier ist gar nicht so leicht, was?«

»Nein ist es nicht!«, warf Dr. Ashanti ein und bedankte sich für Kramers Offenherzigkeit.

»Vielleicht gönnen wir ihnen eine Verschnaufpause und lassen Herrn Steevenson etwas von sich erzählen. Möchten sie uns etwas von sich erzählen, Jonathan?«, fragte Dr. Ashanti und drehte sich zu Steevenson. Steevenson war emotional so von Kramers Worten ergriffen, dass er sich erst mal in das Hier und Jetzt zurückholen musste. Ashantis Frage kam nur im Ausklang bei ihm an.

»Was?«, fragte Steevenson irritiert.
»Ach so. Ja, das kann ich. Klar doch, dafür sind wir doch alle hier oder? Das wir uns erzählen, warum wir alle psychische Wracks sind und nichts mehr auf die Reihe kriegen.«

Steevenson klang unsicher und wütend zugleich. Wütend, dass er überhaupt einen Therapeuten aufsuchen musste und seine Probleme nicht alleine bewältigen konnte.

Er glaubte bisher immer, sich selbst therapieren und heilen zu können, doch jetzt schien er vor einer unbezwingbaren Hürde zu stehen, die ihm einen Strich durch seine Selbstwahrnehmung machte.

»Also. Ich bin Jonathan Steevenson. Meine Eltern kommen gebürtig aus Schweden und sind kurz vor meiner Geburt nach Deutschland ausgewandert, weil mein Vater die Leitung eines großen Konzerns übernommen hatte, bei dem er heute immer noch im Vorstand sitzt, trotz seiner Rente. Ich bin recht behütet aufgewachsen und fing vor zwei Jahren in Heidelberg mit meinem Philosophiestudium an. In meiner Freizeit arbeite ich für eine Organisation, die sich um Flüchtlinge kümmert. Ich bin eine Art Betreuer, der sich um die Botengänge und andere organisatorische Angelegenheiten Geflüchteter kümmert. Ich betreue einen jungen Mann und eine junge Frau aus Syrien und zwei Familien aus Uganda. Nebenher bin ich noch bei Greenpeace aktiv und Mitglied bei der Grünen Jugend. Warum ich hier bin? Ich weiß es ehrlich gesagt nicht. Doch natürlich weiß ich es, aber ich weiß nicht, wieso ich das alles hier brauche. Versteht mich nicht falsch. Ich habe Verständnis für Menschen, die sich therapeutische Hilfe suchen, aber ich bin eigentlich nicht der Mensch, der das nötig hat. Ich habe lange mit mir gerungen, bis ich mich entschlossen habe, Dr. Ashanti aufzusuchen. Wirklich. Ich habe mit mir lange gekämpft, doch irgendwie ging mein Problem nicht von alleine weg. Egal was ich bisher versuchte und versuche, es wird und wird nicht besser.«

»Was ist denn dein Problem Steevenson? Entschuldige, wenn ich so direkt frage. Du musst auch nicht antworten, wenn du nicht willst!«, unterbrach ihn Martin Hellwig, dem Steevenson langer Monolog sichtlich auf die Nerven ging.

»Ich bin hier weil. Wie erklär ich das am besten?«

Steevenson musste überlegen. Er war so ausgeschweift, dass er selbst den Faden von dem was er eigentlich erzählen wollte, verloren hatte.

»Ich wusste z.B. auch nicht, dass Sie die Gruppe leiten würden«, lenkte Steevenson von Martin Hellwigs Frage ab und richtete das Wort an Dr. Ashanti.

»Wie meinen Sie das?« fragte er Steevenson verwundert und richtete seine Brille zurecht.

»Naja, Sie halt. Ein Iraner oder sind sie Pakistani?«

»Ich bin Deutscher. Ich bin in Deutschland geboren und aufgewachsen. Meine Eltern stammen aus dem Iran und sind drei Jahre vor meiner Geburt nach Deutschland gekommen. Stört Sie etwas daran, dass ich eine andere Hautfarbe habe oder was stört Sie genau?«

Steevenson wusste selbst keine Antwort auf seine Frage. Es war einfach so aus ihm herausgeplatzt. Die anderen schauten ihn skeptisch an.

Hans-Peter Huber schüttelte den Kopf und verschränkte seine Arme.

»Warum, Junge? Was ist dein Problem?«, fragte Martin Hellwig erneut. Fast schon unfreundlich.

»Mein Problem ist, dass ich gar nicht hier sein will, Alter, verstehst du? Meine Freundin ist brutal ums Leben gekommen und seitdem ist mein Weltbild zerstört. Ich bekomm nichts mehr auf die Reihe. Ich kann den Asylanten, Verzeihung«, Steevenson korrigierte sich schnell, um nicht ausländerfeindlich zu klingen.

»...Asylsuchenden. Ich kann meinen Asylsuchenden nicht mehr in die Augen schauen. Geschweige denn, mich mit ihnen abgeben. Bist du jetzt zufrieden?«

Dr. Ashanti spürte, dass die Gefühle begannen aufzukochen und um zu verhindern, dass die Situation eskalierte, machte er einen Cut und schlug seinen Patienten aus der Runde eine Übung zum heutigen Thema vor. Martin und Jonathan schauten sich beleidigt an und sprachen kein Wort mehr miteinander.

Dr. Ashanti ließ den Konflikt im Raum stehen und gab jedem von ihnen die Zeit sich wieder zu beruhigen.

»Ich möchte heute von Ihnen allen, dass jeder bitte aufschreibt, wie seine Gefühle vor dem Trauma waren und wie und ab wann sich die Gefühle nach dem Trauma verändert haben.

Es muss keine lange Erklärung sein. Notieren sie einfach auf dem Blatt Papier in kurzen Worten oder Stichpunkten, was ihnen dazu einfällt.«

Dr. Ashanti reichte Blätter und Stifte weiter und wartete, bis jeder ein Blatt und Stift in den Händen hielt.

»Wir haben jetzt Viertel nach 10. Ich gebe Ihnen 15 Minuten, dann besprechen wir das Ganze. Ich muss kurz telefonieren. Bitte schlagen Sie sich in der Zeit, in der ich draußen bin, nicht die Köpfe ein.«

Dr. Ashanti schmunzelte beim Aufstehen. Hellwig und Steevenson starrten weiterhin beleidigt ihr weißes Blatt Papier an. Jonathan schimpfte vor sich hin und hatte sichtlich Probleme damit, die Aufgabe auszuführen.

Jedes Wort, das er auf das Blatt Papier schrieb, strich er augenblicklich wieder durch. Am Ende sah sein Papier fast aus wie eine Strichliste, die genauso gut an einer Gefängniswand hätte stehen können, an der ein Insasse mit einem Stück Kreide seine Tage zählte, die er schon abgesessen hat.

»Mann, Mann, Mann, Leute, ehrlich. Was soll denn der ganze Mist hier?«

Inka wurde aus ihrer Konzentration gerissen und fragte Jonathan mit ihrer sanftmütigen, fast schon mütterlichen Art, ob er Hilfe bräuchte. Steevenson winkte sie nur ab und warf ein flapsiges

»Danke geht schon« nach.

»Der Junge studiert doch. Der ist doch nicht blöd. Der wird das schon hinkriegen mit den Gefühlen!« warf Hans-Peter Huber witzelnd ein.

»Ja danke, Hans-Peter. Ich werde das sicher hinkriegen. Zerbreche dir mal nicht meinen Kopf.«

»Mann, ist der angespannt, der explodiert ja gleich« flüsterte Huber Inka Bartel, sich zu ihr beugend, ins Ohr. Inka nickte mit dem Kopf und versteckte ein kurzes Kichern hinter ihrer vorgehaltenen Hand.

Im Gang hörte man ein Türquietschen. Dann öffnete sich die Tür des Sitzungsraums und Dr. Ashanti stieß wieder zu seiner Donnerstagmorgen-Gruppe.

»Ich sehe Sie sind alle soweit fertig mit der Aufgabe? Dann lassen Sie uns anfangen.«

Alle im Stuhlkreis legten ihren Stift auf den Boden und hielten das Blatt Papier vor sich damit es jeder lesen konnte. Jeder von ihnen hatte nur ein Wort im Querformat und in dicken Druckbuchstaben auf das Papier geschrieben, bis auf Christoph Kramer, er hatte mehrere Worte auf dem Papier stehen. Tod. Angst. Schmerz. Sehnsucht. Dunkelheit. Nochmal Tod, Sinnlosigkeit und einen Namen: Lina.

Dr. Ashanti hatte gehofft, dass wenigstens ein positiver Gedanke dabei sein würde, an dem er hätte anknüpfen können, doch er hatte nur negative Eindrücke von Kramer vor sich.

»Okay. Der Tod kommt zweimal bei Ihnen vor. Den Tod wollte ich eigentlich erst in einer der nächsten Sitzungen behandeln und wir haben auch heute nicht mehr genug Zeit dafür, aber wir können heute das Thema anschneiden und dann nächste Woche weitermachen. Soweit mir meine Unterlagen verraten, haben alle ihre Traumata mit dem Tod und dem damit verbundenen Verlust zutun. Mit dem Tod eines geliebten Menschen. Aber auch ihre anderen Gedanken haben irgendwo mit dem Tod zutun oder sind Auslöser. Die meisten haben zum Beispiel Angst, einfach tot umzufallen und nicht mehr zu existieren. Der andere hat Sehnsucht nach einem oder mehreren Menschen, die nicht mehr unter uns sind. Den

Tod stellen sich viele als die ewige Dunkelheit vor, die sich über uns legt, und wahrscheinlich ist es auch genau die Dunkelheit, in der wir glauben zu stecken, wenn wir einen Menschen verloren haben. Der Schmerz ist etwas komplexer. Dem einen verursacht der Tod Schmerz, dem anderen wird vielleicht suggeriert, dass die Ursachen der Schmerzen zum Tode führen und andere wiederum sehnen sich den Tod herbei, weil sie die Schmerzen nicht mehr ertragen.«

Dr. Ashantis Gruppe hörte ihm gespannt zu, ohne ihn dabei zu unterbrechen. Steevenson hustete zwar mehrmals und knackte mit seinen Fingern, ansonsten hielt er die Füße still und verschonte die Gruppe mit seinen provokativen Kommentaren.

»Lasst uns heute die Sitzung beenden und ich möchte, dass Sie sich bis nächste Woche intensiver mit dem Tod beschäftigen und anfangen ein Tagebuch zu führen, wenn sie noch keines haben.«

Dr. Ashanti schloss seinen Notizblock und bedankte sich für die heutige Zusammenarbeit. Dann versprach er, dass es nächste Woche wieder Getränke zur Sitzung geben würde, wenn sein Kühlschrank endlich repariert werden würde.

Anja Hellwig wollte gerade ihre Trinkflasche aus dem Rucksack holen, als Dr. Ashanti die Getränke erwähnte.

»Ich wünsche allen eine gute, kraftvolle Woche und verabschiede mich mit dem heutigen Worten: Steh nicht nur auf, weil man es von dir erwartet, sondern stehe auf, weil du stark genug bist. Bis nächste Woche.«

Anja Hellwig und Inka Bartel fingen an, zu klatschen. Huber und Kramer zogen nach und klatschten mit. Steevenson war mit seinem Jutesack schnell aus der Praxis verschwunden, bevor die anderen nur daran gedacht hatten aufzustehen und die heutige Sitzung zu verlassen.

3

Dr. Ashanti kam völlig erledigt nach Hause und stellte seiner Maine-Coon-Katze, die Puschel hieß, gähnend ihr Futter auf den Boden.

Sie war nicht besonders gut aufgelegt heute und hatte nur Augen für ihr Fressen. Sie streifte ihn kurz mit ihrem weichen Schwanz am Bein und ging schnell weiter zu ihrem Futternapf, der unter der Fensterbank stand.

Da hatten sie wohl was gemeinsam heute, dachte sich Ashanti. Er öffnete eine Flasche Rotwein und setzte sich mit einem Glas Wein auf den Balkon, um die restliche Abendsonne zu genießen. Ashanti wusste schon, dass ihm ein Glas Rotwein nicht ausreichen würde, um die heutige Gruppensitzung zu verarbeiten.

Als sich ein Patient aus einer seiner vergangenen Therapiegruppe das Leben genommen hatte, wollte er eigentlich nur noch Einzelsitzungen machen und auch nur noch leichte Fälle behandeln. Er schaute auf sein Smartphone und sah drei entgangene Anrufe seiner Mutter und eine

Sprachnachricht von ihr. Er hatte keine Lust, sie abzuhören. Er sehnte sich heute nur noch nach Ruhe und einem guten Tropfen Merlot aus der Pfalz. Sein bester Freund aus Unizeiten hatte mittlerweile ein gutgehendes Weingut und versorgte ihn regelmäßig mit verschiedenen Rotweinsorten der laufenden Saison.

Er goss sich den Wein bis zur Hälfte des Glases ein. Schwenkte den Wein, bis sich das Aroma des Merlots entfachte. Ashanti roch kräftig an ihm und führte das Weinglas vorsichtig an seine Lippen heran. Er stellte sich vor, jetzt wo ganz anders zu sein. Kein Fabrikdunst, den er von seinem Balkon aus beobachten konnte.

Keine lärmenden Autos, die durch sein Ohr rauschten. Nur Stille. Wärme. Dann berührte der Merlot seine Zunge und floss an seinem Gaumenzäpfchen entlang seinen Hals herunter.

Der Genuss war gigantisch. Er ließ den Tag mit Freude ausklingen. Die Flasche wurde an diesem Abend noch leer und eine zweite stand angebrochen daneben.

Jonathan Steevenson hätte nach seiner Gruppensitzung eigentlich noch eine Vorlesung und einen Termin bei seiner syrischen Familie gehabt, mit der er die Asylanträge durchgehen sollte.

Beides ließ er sausen und warf sich zuhause auf seine zerknautschte Ledercouch und spielte mit seiner alten Playstation-Spielkonsole Assassins Creed. Selbst hier kam er nicht mehr richtig in den Level vorwärts, wo er doch normalerweise dank seines scharfen Verstands die meisten Videogames zügig durchspielte. Um ihn herum stapelten sich Pizzakartons und alte Snackboxen vom Asia-Imbiss im Hauptbahnhof.

Sein mit Haschischresten überfüllter Aschenbecher stand irgendwo dazwischen.

Seine Wohnung war der reinste Saustall. Jonathan hing seit dem Tod seiner Freundin nur noch in den Seilen und hatte kaum noch Antrieb.

Seine gebrauchten Kleidungsstücke lagen überall in der Wohnung verteilt und rochen streng. Jonathan bewegte sich nur noch von der Couch ins Bett oder in die Küche die man kaum noch betreten konnte, weil sich dort das gebrauchte Geschirr und Mülltüten stapelten.

Seine Kumpels hatten etwas Abstand genommen, als sie merkten, dass er langsam aber sicher austickte und ständig seine Wutausbrüche bekam und jeden nur noch anblaffte und provozierte, der irgendwie versucht hatte, sich um ihn zu kümmern. Bei seinem Aushilfsjob im Coffee Shop in der Nähe des Bahnhofs ließ er sich nur noch selten in den Schichtplan eintragen.

Bekäme er nicht jeden Monat eine finanzielle Unterstützung von seinen Eltern säße er bald auf der Straße, weil er die Miete nicht mehr alleine zahlen konnte. Er hatte erst kurz vor dem Tod seiner Freundin sein WG-Zimmer aufgegeben, um mit ihr gemeinsam in die größere Zweizimmerwohnung zu ziehen.

Sie waren gerade soweit fertig geworden, das Umzugschaos zu beseitigen und sich die Wohnung gemütlich zu machen, als der schwärzeste Tag in seinem Leben über ihn hereinbrach. Schon wieder hatte Steevenson das Level nicht geschafft und seine ganzen Leben verloren und musste von vorne anfangen. Jonathan schmiss wütend den Spielkonsolen Controller gegen die Wand und verkroch sich unter einer verfilzten Decke, die verkrumpelt neben ihm auf der Couch lag.

Die Konfrontation in der heutigen Gruppensitzung hatte ihn ziemlich aus der Fassung gebracht. Er hatte sich eigentlich im Vorfeld vorgenommen, nur still dazusitzen und das ganze Therapiedings nur zu beobachten, er hatte aber nicht gedacht, dass er so aus der Reserve gelockt werden würde. Er konnte gar nicht einschätzen, ob er jemanden aus der Gruppe mochte oder nicht.

Er war eigentlich nur mit sich selbst beschäftigt gewesen. So kannte er sich gar nicht.

Ist wirklich so ein Arschloch aus mir geworden? Selbstsüchtig und ignorant? überlegte er, während er sich auf die Seite rollte und die Couchlehne anstarrte.

Diese Wesenszüge kannte er gar nicht an sich. Jonathan der Großzügige. Jonathan der sympathische Student, der für alles und jeden ein offenes Ohr hatte. Das war er und nicht dieser zynische, cholerische Dobermann, den er seit dem Tod seiner Freundin an den Tag legte.

Anja und Martin Hellwig stärkten sich während den Gruppensitzungen gegenseitig, doch kaum, dass sie wieder zuhause in ihren vier Wänden waren, verblasste diese Zuneigung wieder und jeder ging seiner Wege.

Gerade hatten sie auf dem Nachhauseweg noch über die heutige Sitzung gesprochen und sich gegenseitig ihre Gefühle offenbart, verschwand diese Verbundenheit wieder und ihr Band wurde wieder zerschnitten, kaum dass sie ihre Wohnung betreten hatten.

Martin Hellwig dachte sich, dass es vielleicht daran lag, dass zu viele Erinnerungen in der Wohnung herumspukten und es sich eventuell ändern würde, wenn sie sich ein neues Zuhause schaffen würden, doch Anja ließ nicht mit sich reden. Sie wollte sich an die Erinnerungen festklammern, egal wie schmerzhaft es für sie beide war. Sie glaubte, ihr Baby in die Vergessenheit zu stoßen, wenn sie die Wohnung verlassen würden.

Sie wollte das Kinderzimmer, ihren Schrein, um nichts auf der Welt hergeben. Martin war anderer Auffassung und deswegen gerieten sie oft in Streit, wenn er versuchte, das Thema anzusprechen. Von seiner kurzen Affäre mit einer Arbeitskollegin hatte er seiner Frau nichts erzählt.

Er hatte auch nur ein paar Mal Sex mit ihr, weil er seit dem Tod ihres Babys keinerlei Zärtlichkeit mehr von seiner Frau erfuhr.

Wenn er sie ihm Bett abends versuchte zu berühren, um ihr damit zu signalisieren, dass er gerne mit ihr schlafen würde, zeigte sie ihm nur die kalte Schulter und dreht sich von ihm weg. Während der Gruppensitzung war das anders.

Da saß für neunzig Minuten seine alte Anja neben ihm. Doch jetzt drängte sich wieder der hohe Eisberg zwischen sie und jeder machte sein eigenes Ding. Martin setzte sich in die Küche und ging seine E-Mail-Nachrichten durch, die ihm sein Chef weitergeleitet hatte.

Anja ging ins Kinderzimmer ihres toten Babys und holte frische Babykleidung aus der Kommode um sie zu waschen und so zu tun als wäre sie benutzt und schmutzig.

Dabei drehte sie sich zu dem leeren Laufstall und fing an zu reden, als würde ihr Würmchen auf allen vieren vor ihr liegen und sie anlächeln.

Martin empfand das sonderbar und hatte ewig gebraucht, seine Frau dazu zu überreden, einen Therapeuten aufzusuchen. Er hatte ewig herumtelefoniert, bis sie bei Dr. Ashanti recht kurzfristig einen Termin bekamen und er noch Kapazitäten frei hatte, sie beide als Patienten aufzunehmen.

Normalerweise war Anja die treibende Kraft in ihrer Beziehung und diejenige, die ihn durchs Leben lenkte, doch dieses Mal musste er die Zügel in die Hand nehmen und stark für sie sein, um sie zu retten. Der Ausrutscher war sein Ventil gewesen, die schwere Last für einige Stunden mal loslassen zu können, doch er hatte es schnell bereut und seine Affäre wieder beendet, bevor sie wirklich angefangen hatte.

Seine Kollegin unternahm zwar hin und wieder noch einen Versuch, ihn zu verführen, doch sie wusste um seine Situation und hatte Verständnis. Sie war locker genug, ihm nicht noch mehr Schwierigkeiten zu bereiten und ihm vor seiner Frau eine Szene zu machen.

Er spielte oft mit dem Gedanken, alles hinzuschmeißen und seine Frau zu verlassen, doch dann kamen ihm die glücklichen Momente ins Gedächtnis zurück, die sie zu dritt erlebt hatten, und der Gedanke verflüchtigte sich wieder.

Er wollte nicht feige sein, sondern ihre Liebe, ihre Ehe retten. Hans-Peter Huber hatte Inka Bartel nach der Sitzung überredet, mit ihm etwas essen zu gehen. Sie war zwar sehr schweigsam, doch er hatte heute gespürt, dass sie die Übung in der Gruppe sehr beschäftigt hatte.

Er wollte sie etwas ablenken und schlug vor, zu dem neuen Italiener am Strandbad zu gehen, wo sie auch noch spazieren gehen konnten.

Es war nicht warm, aber die Sonne schien heute und es waren viele Menschen auf der Uferpromenade unterwegs. Er parkte seinen Wagen und spazierte mit ihr ein Stück auf dem Kiesweg entlang. Inka atmete tief ein und dankte ihm, ihr den Vorschlag gemacht zu haben.

Sie sagte, dass sie seit dem Tod ihres Sohnes kaum noch das Haus verließe. Nur noch zum Einkaufen und um das Grab von ihrem Mann und ihrem Sohn zu besuchen. Zu ihrer Bridge-Runde oder ins Theater, eine ihrer größten Leidenschaften, konnte sie sich einfach nicht überwinden.

Sie hatte zu viel Angst, sich in der Öffentlichkeit frei zu bewegen. Manchmal kam ihre beste Freundin aus Schulzeiten zu Kaffee und Kuchen vorbei, doch selbst das schaffte sie nicht immer und es kostete sie viel Überwindung, ihre beste Freundin zu empfangen.

Sie sah ihre Freundin ihren Mund bewegen, aber vieles drang nicht mehr zu ihr durch. Sie war oft mit ihren Gedanken ganz woanders. Inka Bartel drückte Hubers Hand und dankte ihm ein weiteres Mal. Sie hatte vergessen, wie es war.

Das Gefühl, sich wohl zu fühlen. Sie hatte keine guten Gefühle mehr. Sie trug nur noch Trauer und Wut in sich. Hans-Peter Huber durchbrach ihren Teufelskreis und verschaffte ihr eine kleine Verschnaufpause und holte sie aus dem Dickicht, bevor ihre Seele völlig in der Dunkelheit zu versinken drohte. Er und Inka setzten sich auf die Liegeflächen aus Beton und schauten auf die andere Rheinuferseite und beobachteten die vorbeifahrenden Container Schiffe.

Ein paar Kinder spielten neben ihnen mit den Kieselsteinen, während ihre Eltern mit dem Kinderwagen auf dem Gehweg standen und sich unterhielten. Früher war sie mit ihrem Mann und ihrem Sohn oft hier gewesen.

Das gleiche Bild. Nur das man hier schwimmen konnte und auf der gegenüberliegenden Flussseite auch noch keine Fabriken standen. Das Restaurant war früher ein Café gewesen und unten gab es für die Badegäste Umkleidekabinen.

Weiter vorne war ein Kiosk gewesen, bei dem sich ihr Sohn immer Eis und Süßigkeiten geholt hatte. Tolle Erinnerungen. Alles weg.

Alles von Schmerz überschattet. Inka betete jeden Tag, dass der Schmerz endlich verschwand oder sie nicht jedes Mal einen Heulkrampf bekam, wenn sie an die guten alten Zeiten dachte.

»Hatte ich schon erzählt, Hans-Peter, dass mein Sohn Arzt werden wollte, um die Welt zu retten? Er wollte nach dem praktischen Jahr nach Afrika zu „Ärzte ohne Grenzen." Ich glaube das wollte er schon seit seinem ersten Schultag. Er kam nach der ersten Woche in der Grundschule nach Hause und sagte: »Mama, egal was du und Papa sagen, ich werde Arzt!«
Inka lachte und warf einen Kieselstein ins Wasser. Dann erzählte sie weiter von ihrem Sohn.

»Und? Er wurde tatsächlich Arzt und mein Mann und ich haben ihn bei allem unterstützt. Der Bruder meines Mannes war zu der Zeit Oberarzt im Klinikum in der Onkologie als mein Sohn von der Schule aus ein Praktikum machen musste. Er ging stolz mit dem Praktikumsformular von der Schule zu seinem Onkel und sagte zu ihm: »So Onkel es ist soweit, mach mich bitte zu einem Arzt.« Sein Onkel war so beeindruckt von seinem Neffen, dass er ihm sofort das Formular ausfüllte und einen Stempel daraufsetzte. Von da an verbrachte er jede freie Minute in der Klinik bei seinem Onkel. Mein Mann war manchmal eifersüchtig, dass Matthias mehr Zeit mit seinem Onkel verbrachte als mit ihm und dass ihn nichts anderes mehr zu interessieren schien, als weiße Kittel und Krankheiten. Doch mein Sohn fand seine Bestimmung und blühte auf.«

Hans-Peter Huber griff nach Inkas Schulter und umarmte sie.

»Er hat den Tod nicht verdient, Hans-Peter. Nicht er. Ich wäre lieber an seiner Stelle gestorben. Ich habe mein Leben gelebt, aber er hatte seins noch vor sich. Er hätte so viel Gutes in der Welt bewirkt. Er hatte das Zeug dazu. Es ist so ungerecht und es tut so unheimlich weh.«

Hans-Peter und Inka blieben noch eine Weile am Flussufer sitzen, bis ihr Magen knurrte und sie über den Steg hoch zum Italiener liefen und sich eine riesengroße Steinofenpizza mit Schinken und Salami gönnten. Sie tranken einen guten Rotwein dazu und unterhielten sich, bis die Sonne unterging und sich der Sternenhimmel vor ihnen erstreckte, den sie durch das Fenster aus beobachten konnten.

»Sehr schöne Idee, Hans-Peter. Wirklich.«

»Das finde ich auch, Inka« antwortete er sanftmütig und hob sein halbvolles Weinglas, um mit ihr auf den schönen Abend anzustoßen.

4

»Nein, Lina. Neeeeeein.«

Christoph Kramer wachte schweißgebadet neben seiner nächtlichen Bekanntschaft auf. Er hatte sich letzte Nacht wieder in Sex und Alkohol geflüchtet. Das Ende seiner Beurlaubung stand bevor und er wusste nicht, ob er es schaffen würde, sich acht Stunden auf der Arbeit konzentrieren zu können, ohne dabei Fehler zu machen.

In Kramers Kopf war seine Arbeit so weit entfernt. Er hatte fast vergessen, wie es war, jeden Tag um halb fünf aufzustehen und sich auf den Weg zur Baustelle zu machen.

Lina hatte noch friedlich in ihrem Kinderzimmer geschlafen, zwischen ihren vielen Kuscheltieren und Büchern, während er bereits in der Küche vor seinem ersten Kaffee saß und auf dem Balkon seine erste Zigarette rauchte.

Vor ihm auf dem Tisch stand Linas Lieblingsmüsli und das XXL-Glas Nutella, das sie gerne auch mal pur ohne Brot auslöffelte. Er verzog jedes Mal sein Gesicht, wenn sie das tat, doch sie lächelte ihn nur mit ihrem Nutella-verschmierten Mund an und löffelte weiter das Glas aus.

»Igitt, Lina Maus, dir werden noch alle Zähne ausfallen, wenn du weiter dieses klebrige Zeug isst! Hör auf meine Worte.«

»Nein, Papa, ich werde so groß und stark wie die Fußballer die hier an dem Glas kleben. Ballack und Klinsmann essen auch jeden Tag Nutella und jetzt spielen sie in der Nationalmannschaft und gewinnen Pokale!«

Und wieder verschwand ein Kaffeelöffel voll Nutella Nusscreme in Linas Mund.

»Ja, Schatz wenn du das sagst, dann wirst du wohl auch bald bei der Nationalelf mitspielen und Tore schießen.«

Und Lina stopfte noch einen Löffel voll Nutella in sich rein. Beide brachen in Gelächter aus. Dieses Lachen gab es in der Küche nicht mehr.

Das Nutella-Glas schon. Angebrochen stand es neben der Müslipackung. Kramer brachte es nicht übers Herz, das Nutella-Glas anzurühren.

Eine seiner nächtlichen Bekanntschaft wollte vor kurzem nach dem Nutella und dem Müsli greifen, da sprang er wutentbrannt auf und schmiss sie aus der Wohnung. Von seiner heutigen Bekanntschaft kannte er nicht mal mehr den Namen. Sein Kopf brummte und sein Schlafshirt war völlig durchnässt. Kramer schleppte sich ins Bad und sah im Badezimmerspiegel nur ein verkatertes Wrack vor sich.

Du wirst alt Christoph, dachte er sich und spülte seinen Mund mit Mundwasser aus, um den fahlen Geschmack loszuwerden.
Seine Bekanntschaft, die er ihm Kinki Club aufgerissen hatte, dreht sich im Bett um und wurde wach.

»Darling, komm zurück ins Bett. Ich friere.«
Kramer wollte nur, dass sie auf der Stelle verschwand und er mit Lina in Ruhe frühstücken konnte. Lina war zwar tot, doch sie existierte weiterhin in seinem Bewusstsein, als würde sie noch leben. Sie war nur eine Einbildung, doch diese Einbildung war sehr real für ihn.

Ihr Nörgeln, wenn er wieder eine Zigarette nach der anderen rauchte, anstatt Obst zu essen, welches sie ihm fein säuberlich geschält und in Schnitzen auf den Teller legte.

»Geh bitte, wie auch immer du heißt. Meine Tochter wird gleich wach, die darf von dir nichts mitbekommen« rief er aus dem Badezimmer seiner Bekanntschaft zu, die nackt unter der Bettdecke lag, und schlug die Badezimmertür zu.

Als Kramer wieder aus dem Bad herauskam, war die blonde Bekanntschaft gerade dabei, sich ihren Rock und ihre Bluse anzuziehen.

Wenig begeistert über den schroffen Verlauf des Morgens schnappte sie sich ihre Stöckelschuhe, die auf dem Dielenboden lagen, und verließ mit einem unfreundlichen »Ciao, Arschloch« Kramers Wohnung. Kramer fühlte sich schlagartig erleichtert. Er ging schnell in die Küche, nahm eine Kopfschmerztablette und setzte Kaffee auf.

Aus dem Brotkorb holte er Toast, den er in den Toaster steckte. Dann holte er zwei Teller, zwei Tassen und Besteck aus dem Schrank und rief nach seiner Tochter.

»Lina, Frühstück ist fertig.«

Lina kam um die Ecke in die Küche geflitzt.

»Morgen, Papa.«

»Morgen, mein Engel.«

»Du bist spät dran. Hast du nicht heute deine Therapiegruppe?«

Kramer schaute auf die Küchenuhr an der Wand. Es stimmte. Er war spät dran.

»Und du, Maus, schreibst du heute nicht Mathe? Bist du gut vorbereitet oder darf ich wieder ein Desaster erwarten und einen Anruf von deinem Klassenlehrer?«

Kramer stand auf und räumte seine Kaffeetasse und seinen benutzten Teller in die Spüle.

»Nein, nein, Paps. Alles in bester Ordnung. Ich bin ultra-vorbereitet! Später habe ich dann noch Orchesterprobe, kann heute also etwas später werden, wir üben heute ein schweres Stück von Vivaldi.«

Kramer warf seiner Tochter einen Handkuss zu und wünschte ihr einen schönen Tag. Dann ging er aus der Wohnung und schloss die Haustür ab. Dann hielt er kurz inne und stand mit dem Rücken zur Haustür.

Du musst damit aufhören, Christoph. Der Alkohol und der Sex tun dir nicht gut. Werde endlich wach und lass sie los. Sie ist nicht mehr da!

Beim Verlassen der Straßenbahn traf Kramer auf Steevenson, der etwas neben sich an der Haltestelle stand und nicht so recht wusste, wohin mit sich. Er hatte rot angeschwollene, glasige Augen und war ziemlich blass um die Nase.

Irgendwie freute sich Kramer ein bekanntes Gesicht zu treffen, auch wenn Jonathan letzte Woche ziemlich hart mit ihnen ins Gericht gegangen war und etwas überheblich rüberkam.

Trotzdem mochte er ihn. Jonathan erinnerte ihn an sich, als er in seinem Alter war. Wie er in jeder freien Minute eine Bong gezogen hatte und geglaubt hatte, ihm gehöre die Welt und nichts aber auch gar nichts könne ihm etwas anhaben.

Dann heiratete er seine Frau und wenig später kam Lina zur Welt und er wurde über Nacht erwachsen und verantwortungsbewusster.

Er hatte Mitleid mit Jonathan. *Man sollte so jung noch niemanden verlieren müssen*, dachte Kramer. Jonathan wirkte deprimiert und desorientiert. Er musste dreimal hinsehen, bis er erkannte, wer der Mann in der schwarzen Lederjacke war, der vor ihm stand und auf ihn einredete.

»Wir sind spät dran, Kumpel! Die anderen warten sicher schon auf uns«, sagte Kramer und trieb Jonathan etwas voran, seine Hand auf Jonathans Rücken legend, der sich nur schwerfällig und benommen vorwärtsbewegte.

»Warte kurz hier, ich hol dir schnell einen starken Kaffee da vorne, damit du einigermaßen nüchtern wirst. In Ordnung?«
Jonathan nickte und hatte erst gecheckt, was Kramer von ihm wollte, als er den heißen Becher mit dem dampfenden Kaffee in den Händen hielt.

»Dank dir Chris. Heute ist nicht mein Tag. Ich habe gestern zu lange gezockt und zu viel Gras geraucht.

»Man sieht's dir an, Großer. Na komm, trink den Kaffee, dann geht's dir gleich besser. Wirst sehen.«
Beide standen sie jetzt vor dem Gebäude mit dem alten Mauerwerk und warteten, bis ihnen nach

dem Klingeln die Tür aufgemacht wurde. Anja und Martin Hellwig kamen gerade abgehetzt von der anderen Straßenseite gelaufen und sprangen ihnen durch die offene Eingangstür hinterher.

Martin hatte schon wieder den Anfall von schlechter Laune, als er Steevenson sah. Anja versuchte einzulenken und fragte Kramer und Steevenson, wie ihre Woche verlaufen sei und ob sie mit der Hausaufgabe klargekommen seien, die ihnen Dr. Ashanti aufgegeben hatte.

Jonathan brummte nur. Kramer sagte, dass es ihm schwergefallen sei und er nicht so viel aufgeschrieben hätte. Als sie im Gruppenraum ankamen saßen Hans-Peter und Inka nebeneinander und unterhielten sich. Dr. Ashanti saß steif, die Beine übereinandergeschlagen mit weißem Hemd und hellbraunem Pullunder darüber auf seinem Stuhl. In der Mitte des Stuhlkreises lagen Bilderkarten mit verschiedenen Motiven darauf.

Als Anja Hellwig die auf dem Boden liegenden Karten entdeckte, konnte sie sich nicht zurückhalten und rief in die Runde:

»Oh ja, Bilder. Bilder und Farbe, Herr Doktor Ashanti, fehlen in ihrer Praxis. Man hat jedes Mal das Gefühl, in der Notaufnahme eines Krankenhauses zu sitzen, wenn man zu ihnen kommt.«

Inka Bartel wandte sich von dem Gespräch mit Hans-Peter Huber ab und stimmte Anja zu.

»Da hast du allerdings Recht, Anja. Es ist hier sehr trostlos und kühl und man fühlt sich wirklich nicht sehr wohl. Ein paar Pflanzen könnten ihre Zimmer auch vertragen.«

Dr. Ashanti schaute verwundert drein.

»Oh, oh, Doctore, passen sie auf, die Tine Wittlers gehen zum Angriff über. Nächstes Mal ist hier alles Rosa gestrichen und lauter Deko-Kram wird herumstehen. Ich würde gucken, dass ich die Praxis immer abschließe beim Verlassen, Doctore«, sagte Hans-Peter Huber und lachte lauthals los. Alle lachten mit, außer Steevenson, der noch immer nicht richtig aus seinem komatösen Zustand zurückgekehrt war.

Dr. Ashanti verstand den Aufruhr nicht. Ihm gefiel alles so wie es war. Er mochte keine Ablenkung der Gedanken durch Farbtöne oder unnötigen Deko-Krimskrams.

»Hmmm, finden Sie? Ich fühl mich sehr wohl so wie es ist. Bei mir daheim sieht es genauso aus und meine Katze hat sich bis jetzt noch nicht beschwert.«

Die zweite Lachwelle machte die Runde unter seinen Patienten, bis ihnen Tränen kamen. Dr. Ashanti verzog verschmitzt seine Mundwinkel und reagierte neutral, bis sich seine Gruppe wieder gefasst hatte.

»Schön, Sie alle lachen zu sehen, auch wenn es auf meine Kosten geht, aber wenigstens scheinen Sie heute alle recht gute Laune zu haben. Das freut mich.«

Dr. Ashanti wartete, bis jeder in der Verfassung war, sich zu konzentrieren und ihm zu folgen. Inka und Hans-Peter schauten sich an und kicherte leise weiter. Kramer saß heute neben Jonathan, und suchte seine Nähe, um ihn im Notfall aufzufangen, falls es dazu käme, dass er vom Stuhl fiel oder wieder einen Wutanfall bekam.

»Unsere letzte Sitzung war für alle sehr aufreibend gewesen und die Hausaufgabe, die ich ihnen mitgegeben habe, war sicherlich sehr schwer. Von daher möchte ich zu allererst mit einem kleinen Spiel beginnen, bevor wir die Hausaufgabe zusammen besprechen.«

Dr. Ashanti bückte sich nach vorne, hob eine Karte auf und hielt sie für alle deutlich sichtbar nach oben.

»Auf jeder Karte ist ein anderes Bild. Ich möchte, dass jeder mit geschlossenen Augen eine Karte nimmt, zu der er dann ohne lange zu überlegen das sagt, was ihm als erstes dazu einfällt. Manche Motive sind leicht erkennbar und manche lösen eher ein Gefühl aus oder beschreiben einen Zustand. Wenn einer mit dem Bild gar nichts anfangen kann, legt er die Karte einfach zurück auf den Boden und nimmt sich eine neue Karte bitte.«

Steevenson hielt es wieder für Kinderkram. Die anderen hatten Dr. Ashanti längst durchschaut und wussten, dass diese simple Übung wohlmöglich wieder ein gewaltiges Gefühlsgewitter in ihnen auslösen würde.

Jeder schloss seine Augen und tastete sich zum Boden, um eine Karte aufzunehmen. Als jeder wieder auf seinem Stuhl saß und eine Karte bei sich trug, fing Dr. Ashanti im Uhrzeiger an die Übung zu beginnen.

»Kramer, Sie haben ein Strandmotiv gezogen. Fällt Ihnen dazu spontan etwas ein?«

Kramer beugte sich vornüber und stütze sich mit den Ellbogen auf seinen Knien ab.

Nach Ashantis Frage reagierte er nicht sofort. Dann keimte langsam eine Erinnerung in ihm hoch.

»Wir waren in Lanzarote am Strand. Wir hatten ein Apartment in einer Clubhotelanlage mit Animationsprogramm und Vollpension. Es war unser letzter Urlaub zu dritt, bevor meine Frau krank wurde. Danach hatte sie nicht mehr genug Kraft, um nochmal in den Urlaub zu fliegen.«

Da war sie wieder, die schwarze Gewitterwolke, der Vorbote seines Gefühlsturms. Er hatte es in der Hand, ob er es zuließ oder jetzt aufhörte weiter zu erzählen und die Gewitterwolke vorbeiziehen ließ. Kramer entschied sich für das Gewitter, weil er wusste, dass er in der Runde nicht alleine war und wenn nötig genug Halt hatte, sollte das Gewitter über ihn hereinbrechen.

»Was soll ich sagen, Leute? Nach Linas Tod kann ich jetzt nicht mal mehr Urlaubsdokus im Fernsehen angucken. Ich meide jedes Reisemagazin und jede Reportage, die irgendwas mit Urlaub oder Strand zu tun hat. Wenn meine Kollegen in der Mittagspause von ihrem Urlaub oder von Urlaubsplänen reden, verlasse ich den Raum. So sieht's aus.«

Kramer kam mit seinem letzten Satz mit seinem Oberkörper wieder nach oben und drückte sich an die Stuhllehne.

»Danke, Herr Kramer. Das war sehr gut.« Dr. Ashanti visierte den nächsten an.

»Steevenson. Möchten Sie als nächstes?« Steevenson brummte wieder, dann drehte er seine gezogene Karte um.

»Ich habe eine Blume. Blume, toll.«

»Sie können gerne etwas anderes ziehen« entgegnete ihm Dr. Ashanti.

»Nein Doc, das passt schon. Sandra mochte Blumen. Also meine Freundin. Wie sagt man eigentlich zu einer Freundin, die nicht mehr seine Freundin ist, weil sie tot ist? Freundin zu ihren

Lebzeiten? Fritwer? Also Witwer durch Freundin?«

»Gute Frage. Sehr gute Frage, aber ich glaube dafür gibt es keinen Ausdruck, Herr Steevenson«, antwortete Dr. Ashanti nachdenklich.

»In der Tat sind oder waren die meisten meiner Patienten meistens verheiratet. Wenn Ihnen das wichtig ist, mache ich mich gerne schlau für Sie und schlage in meinen Büchern nach.«

»Hm, wenn Sie wollen, Doc, gerne. Also Susanne liebte Blumen über alles und so hatten wir auf dem Küchentisch jede Woche frische Blumen stehen und auf fast jeder Fensterbank Zimmerpflanzen. Im Sommer jetzt wollten wir den Balkon verschönern und wir waren auch schon mehrmals im Gartencenter und haben Pflanzen und Gartenmöbel ausgesucht. Ich wollte den Balkonboden mit Holzplatten versehen und dann ein Hoch Beet und große Pflanzenkübel daraufstellen. So einen kleinen Stadtgarten anlegen, das war Susannes Wunsch, den ich ihr gerne erfüllen wollte. Jetzt hat bei mir nur noch der Kaktus auf der Toilette überlebt und selbst der schwächelt schon. Der grüne Daumen war ihr Talent gewesen, nicht aber meines...«

»Mein Garten ist mein einziger Lichtblick im Moment, sonst wäre ich, glaube ich, schon durchgedreht« unterbrach Inka Bartel Jonathan, der froh war, nicht weiter erzählen zu müssen, weil sich Dr. Ashanti danach auf sie fokussierte.

»Möchten Sie weiter machen, Inka?«

»Gerne« antworte sie ihm und drehte ihre Karte um.

»Ein Karussell! Matthias liebte Karussells. Mein Mann und ich mussten mit ihm immer auf das Volksfest beim neuen Messplatz und in den Sommerferien wollte er immer in den Vergnügungspark. Achterbahn und Karussell fahren. Meinem Mann wurde schlecht dabei, so dass ich mich meistens mit Matthias in die Achterbahn gesetzt habe oder in die schnellen Karussells, die sich mehrmals überschlagen während der Fahrt. Es war schön zu sehen, wie viel Spaß es ihm gemacht hat. Das fehlt mir. Später, als er in die Pubertät kam, ging er dann mit seinen Kumpels aus der Schule dort hin. Die ersten Mädchen waren dabei, da konnte die alte Mutter nicht mehr mithalten.«

Inka lachte.

»Doch der alten Zeiten wegen sind wir trotzdem manchmal einfach so über das Volksfest gelaufen und haben uns Zuckerwatte oder diese roten Zuckergussäpfel gekauft. Das war irgendwie genauso schön. Matthias hat uns nie das Gefühl gegeben, dass wir keine Rolle mehr in seinem Leben spielten, nur weil er jetzt selbst erwachsen war. Im Gegenteil. Er hat uns immer teilhaben lassen an seinem Leben. Mehr fällt mir jetzt nicht dazu ein!«

»Das ist eine schöne Erinnerung, Inka. Behalt sie dir tief in deinem Herzen« sagte Hans-Peter Huber und drückte Inkas Hand dabei. Sie ließ es zu und erwiderte seine Geste, indem sie ebenfalls zudrückte.

»Vielleicht machen wir eine kurze Verschnaufpause, bevor wir mit Hans-Peter, Anja und Martin weitermachen. Ich habe Säfte besorgt und Kaffee für alle gemacht.«

Dr. Ashanti dreht sich nach hinten und zeigte auf einen halbhohen schmalen Tisch, der am Fenster stand. Anja und Inka machten sich sofort über den Kaffee her.

Dr. Ashanti goss sich auch eine Tasse ein, schwarz, ohne Milch, ohne Zucker. Martin nutzte die Gelegenheit, dass er wieder seine 90 Eheminuten hatte und rief seiner Frau zu, dass sie ihm bitte einen Kaffee mit Milch und ein Wasser mitbringen solle.

»Gerne doch, Schatzi« antwortete sie Martin. Es erweckte den Anschein, als brodelte es bei ihnen nur so vor Harmonie. In den 90 Minuten steckte Martin alles an angestauter Sehnsucht rein, was ging.

Dr. Ashanti wusste aus den Einzelgesprächen mit Anja Hellwig, dass das zurzeit nicht der Fall war. Er wartete den Augenblick ab, dass ihr Verhalten zueinander komplett umschwenken würde und die tatsächliche Ehesituation zum Vorschein kam. Steevenson saß mit krummer Körperhaltung auf seinem Stuhl und schwebte zwischen dem Hier und dem Jenseits.

Kramer schaute ihn besorgt an und wollte ihn väterlich umarmen und ihm Trost spenden. Im Hintergrund erschien ihm seine Tochter Lina die auf dem Spielplatz vor ihrem Wohnblock spielte und plötzlich heulend in seine Arme lief, weil sie von einem anderen Mädchen mit der Sandschippe gehauen wurde.

»Papa, Papa, auaaah.«
Er war wieder mal alleine mit Lina auf dem Spielplatz, weil seine Frau zu schwach gewesen war, das Bett zu verlassen.

Er hatte Lina versucht, die Krankheit ihrer Mutter zu erklären, damit sie die Möglichkeit hatte, sich von ihrer Mutter zu verabschieden und damit ihre Mutter nicht einfach von heute auf morgen aus ihrem Leben gerissen wurde, ohne dass sie den Grund wusste und ihr es leichter fallen würde, den Tod ihrer Mutter zu verarbeiten.

»Chris-tooo-ph. Herr Kr-aaa-mer. Erde an Christoph, auf-waaa-ch-en« rief ihm Huber zu.

»Was? Nein? Noch nicht. L-iii-n-aaa.«

Lina verschwand. Eben hatte er sie noch umarmt und ihre Wärme gespürt, dann verpuffte ihr Bildnis vor seinen Augen.

»Du bist dran mit deiner Hausaufgabe, Kramer« sagte Martin Hellwig und zeigte auf Kramers Notizblatt, das zusammengefaltet unter Kramers Stuhl lag.

»Wie? Wir haben doch noch gar nicht eure Karten besprochen« sagte Kramer verwirrt.

»Doch, Christoph, wir sind mit der Spielrunde für heute durch. Sie waren die letzten dreißig Minuten weggetreten«, sagte Dr. Ashanti.

Kramer wurde unwohl. Er fand es beängstigend, dass ihn immer diese realen Erscheinungen heimsuchten und er machtlos dagegen war.

»Wo waren Sie denn? Oder an was haben Sie denn gedacht?« fragte ihn Dr. Ashanti interessiert und machte sich Notizen auf seinem Block.

»Ich würde ganz ehrlich lieber mit der Hausaufgabe weiter machen Ashanti, ähm Dr. Ashanti, sorry.«

Dr. Ashanti ließ von seiner Frage ab und gewährte ihm seinen Wunsch. Dann wandte er sich zur ganzen Gruppe und brachte nochmal zum Ausdruck, dass hier keiner zu irgendetwas gezwungen werden würde oder sich zu etwas verpflichtet fühlen musste.

Jeder sei aus freien Stücken hier und jeder konnte selbst entscheiden, wie weit es für einen ginge. Dann überließ er Kramer wieder das Wort.

»Bitte, Christoph. Sie dürfen!«
Kramer fasste unter seinen Stuhl und holte sein Blatt hervor.

»Ich fand die Aufgabe nicht einfach, Dr. Ashanti. Intensiver mit dem Tod beschäftigen? Ich glaube, dass wir uns alle jeden Tag nur mit dem Tod beschäftigen. Ich weiß nicht, wie ich das noch steigern kann?«

Kramer spielte mit dem zusammengefalteten Notizplatt und schaute verloren in die Gesichter der anderen. Dann lieferte Dr. Ashanti eine Antwort, die sehr beruhigend, fast schon wie eine Erleuchtung auf ihn wirkte.

»Der Mensch neigt in unserer heutigen Gesellschaft dazu, aus wiederkehrenden Gefühlen, ob nun positiven oder negativen, sich schnell in einem Alltagsgeflecht zu verfangen. Das heißt, er lässt sich von den immer selben positiven und negativen Gefühlen in eine Art monotones schwarzes Loch reißen, in dem er die eigentliche Intensität des Gefühls gar nicht mehr wahrnimmt, sondern nur noch Bruchstücke oder die Ahnung des Gefühls. Vergleichbar wie Phantomschmerzen. Wir glauben, den Schmerz zu spüren, merken auch, dass es irgendwo wehtut, doch der

Schmerz existiert nur in unserem Kopf. So ist das dann auch bei einem Trauma. Der Schockzustand und die negativen Empfindungen werden sozusagen schockgefroren und tauen nur auf, wenn wir es beeinflussen, also den Schmelzvorgang einleiten. Kramer, Christoph, bei Ihnen sind viele negative Empfindungen eingefroren und blockieren dadurch den Weg, neue, noch stärkere Empfindungen zuzulassen. Eigentlich ist das bei Ihnen allen der Fall. Deswegen gab ich Ihnen die Übung mit, damit Sie langsam anfangen, die vielen Eisblöcke und/oder Eiswürfel, Sie können es nennen wie sie möchten, zu ergründen und aufzutauen. Und wer jetzt Lust auf ein Eis bekommen hat, den lade ich nach unserer Gruppensitzung gerne auf eine Kugel ein.«

Alle, außer Steevenson, lachten los. Steevenson war heute irgendwie nur körperlich anwesend gewesen. Mental hatte er nach der Hälfte der Therapiesitzung auf Durchzug geschaltet.

»Ja, Kramer, dann schmelze mal die Eiswürfel, damit wir zu unserem Eis kommen oder Jonathan was sagst du?«, witzelte Huber.

»Eisschmelze, ja, hm was soll ich groß dazu sagen? Wir kennen doch alle die Gefahr des Klimawandels und der Auswirkungen.«

»Der Junge ist doch wie ein Ökologischer Automat fürs schlechte Gewissen. Man muss nur einen Knopf bei dir drücken und sofort kommt eine grüne Weltuntergangsbotschaft heraus« witzelte Huber erneut und kriegte sich von seinem eigenen Lachen bald nicht mehr ein.

Steevenson verstand den Witz nicht und schaute Huber nur pikiert an. Kramer konnte irgendwie auch nicht über Hubers Witz lachen war er doch zu angespannt, weil ihm Dr. Ali Ashantis Aufgabe die ganze Woche über extremst Bauchschmerzen bereitet hatte. Dann löste sich plötzlich seine Überforderung in Luft auf.

Nicht weil ihm Schokoladeneis mit Schokosplittern in Aussicht gestellt wurde, nein, er fühlte sich in der Gruppe aufgehoben und das brach seine Hemmungen. Er wusste, dass er sich aus seinem Sud aus Trauer, Schmerz, Hilflosigkeit und Gelähmtheit befreien musste, doch dass fiel ihm bisher alleine unheimlich schwer.

Jetzt schien er neue Freunde gefunden zu haben, Leidensgenossen, die sich alle ähnlich fühlten und nur darauf warteten, dass irgendjemand den Ballast wegtransportierte, damit sie wieder frei atmen konnten.

»Ich habe nicht viel aufgeschrieben. Ich habe eine kleine Zeichnung gemacht.«
Kramer faltete das Blatt auf und hielt es hoch. Es waren zwei Herzhälften zu sehen mit Zickzack-

kante an der Innenseite. In der Mitte zwischen den Herzhälften stand eine Strichfigur die weinte.

In der linken Herzhälfte stand »Frau« und in der Rechten »Kind«.

Unter der Zeichnung stand »Einsamkeit«.

»So ist das. Der Tod ist für mich Einsamkeit. Ich fühl mich so leer und einsam, ich weiß gar nicht, wie ich diese Leere und Einsamkeit jemals ausfüllen soll.«

Hans-Peter Huber stimmte ihm zu. Ihm ging es ähnlich. Er hatte auch eine Zeichnung gemacht, nur düsterer und farbig mit viel rot und orange.

»Darf ich sie zeigen?« fragte er Kramer, der ihm nickend und mit einem sanften »Bitte« die Erlaubnis erteilte, sich seiner Seelenausbreitung anzuschließen. Lieber zu zweit nackt vor dem stickenden und blubbernden Sumpf der Trauer stehen und hineinspringen, als alleine.

In Hubers Zeichnung stand nämlich die Strichfigur vor einem schwarzen Loch. Neben diesem Loch lagen Strichmännchen, die von rot-orange gezeichneten Flammen übersäht waren.

Bluttropfen und Sprechblasen mit dem Worten »Hilfe« waren über das restliche Papier verteilt. Dann meldete sich Hans-Peter Huber zu Wort.

»Das ist kein Loch. Also, ich stehe nicht an der Kante und überlege, ob ich hineinspringen soll. Das ist getrocknete Lava, die nur Verwüstung zurückgelassen hat. Nur mich hat sie verschont. Nicht mal einen Kratzer habe ich davongetragen. Der Tod ist an mir haarscharf vorbeigerauscht und hat noch nicht mal meine Haut berührt oder meine Armhärchen gestreift. Die Lava hat einen großen Bogen um mich gemacht und hat mich zusehen lassen, wie sie meine Frau verschlang. Der Tod ist für mich Machtlosigkeit. Ich kann auch nicht mehr richtig durchatmen. Alles schmeckt und riecht anders. Ich fühle anders bis so gut wie gar nichts mehr. Der Kloß im Hals ist mal stärker und mal schwächer aber er verschwindet nie ganz. Ich fühle mich, als hätte man mich in einen Behälter mit frisch aufgesetztem Straßenteer geschmissen, der langsam anfängt, meine Atemwege zu verkleben. Zähflüssig geht es mal besser, dann wieder abrupt schlechter. Kaum, dass ich denke, es geht aufwärts, werde ich brutal zurückgeschleudert.«

Dieses Mal ergriff Inka die Initiative und nahm Hans-Peters Hand und spendete ihm Trost. Die beiden schienen sich gut zu tun. Sie wusste im richtigen Moment was der andere brauchte.

Die Zeit war schon wieder vorüber. Dr. Ashanti ging zu seinem Spruch des Tages über und versprach, nächste Woche die anderen mit ihrer Hausaufgabe zu Wort kommen zu lassen.

»Geht mit einem lachenden und mit einem weinenden Auge durch die Welt und euch wird mehr Lachen entgegengebracht. Nächste Woche, wenn das Wetter mitspielt, treffen wir uns ausnahmsweise unten im Park bei dem Fußballplatz. Einverstanden?«

Verwunderung machte sich breit.

»Ich möchte nicht zu viel verraten. Nächste Woche sind Sie schlauer.«

Dr. Ashanti grinste und klatschte leicht in die Hände und bedankte sich für die heutige Sitzung.

Die anderen klatschten mit und dann zogen sie sich ihre Jacken an. Steevenson behielt seine Jacke die ganze Sitzung über an und schlurfte ohne sich zu verabschieden aus dem Raum.

Kramer rief ihm hinterher, dass er warten solle, er würde ihn begleiten. Martin half seiner Frau in ihren Mantel und stülpte ihn ihr über die Schultern. Huber hielt Inkas Tasche an den Trägern, bis sie in ihrer Strick Jacke drinsteckte und sie ihm den Mantel dankend abnahm.

Sie verabschiedeten sich bei Dr. Ashanti und ließen ihn in seiner Praxis alleine zurück.

5

»Dr. Ashanti, Sie müssten jetzt bitte die Leichname identifizieren.«
Der Gerichtsmediziner deckte zuerst das eine Tuch bis zum Hals auf dann das zweite bis zum Brustkorb. Der kühle Raum wirkte wie ein niemals enden wollender Tunnel. Dr. Ashanti nickte verhalten und kämpfte mit sich selbst, nicht die Kontrolle zu verlieren und durchzudrehen.

»Sind Sie sich ganz sicher?« fragte der Polizeibeamte, der bei Dr. Ashanti stand und auf dessen Antwort wartete.

»Ja doch. Ich bin mir ganz sicher.«
Dr. Ashanti konnte kaum schlucken so schnürte es ihm die Luft ab.

»Danke Ihnen, dann lassen wir Sie jetzt einen Augenblick alleine.«
Dr. Ashanti brach zusammen und sackte zu Boden, als er mit den beiden Leichnamen, die vor ihm auf den Seziertischen lagen, alleine war. Er fasste nach den beiden Händen neben ihm, die

auf dem kalten Metalltisch neben den bleichen leblosen Körpern lagen.

»Warum nur? Warum tut ihr mir das an?«

Dr. Ashantis Katze leckte an einem Finger seiner Hand die über der Sessellehne herunterhing, woraufhin er aus seinem Traum gerissen und wach wurde. Er lag in seinem Lesesessel im Arbeitszimmer und wäre fast über die leeren Weinflaschen gestolpert, als er aufstand, um sich in seinem Bett schlafen zu legen.

Er torkelte durch seine Wohnung und schleifte auf dem Weg ins Schlafzimmer ein paar Kleidungsstücke mit, die überall auf dem Flurboden verteilt herumlagen. Er nahm sich eine Schlaftablette aus dem Nachtschrank und trank einen Schluck aus der Sprudelflasche, die neben der Nachtischlampe stand.

Er legte sich mit seiner Kleidung ins Bett und wartete bis der Schmerz vorüber ging und er wieder ruhig weiterschlafen konnte. Eine Stunde später klingelte es an seiner Haustür.

Dr. Ashanti quälte sich verschlafen aus dem Bett und schleppte sich zur Haustür. Der Paketbote stand davor und lieferte einen Stapel Pakete vom Bücherversand und eine Kiste Weinflaschen ab. Dr. Ashanti öffnete dem Paketboten die Tür und als er die Kiste mit den Weinflaschen sah, stieß ihm sein Mageninhalt auf und er rannte auf die Toilette und übergab sich über der Toiletten-schüssel. Sein Kopf brummte fürchterlich. Er wusch sich seinen Mund ab und spülte sich den Mund mit Wasser aus.

Dann lief er zur Haustür zurück und nahm die Pakete entgegen. Den Karton mit den Weinfla-schen schob er in die Nische neben der Haustür hinter einem Vorhang.

Euch will ich heute nicht mehr sehen, sagte er sich und brachte die Pakete mit den Büchern in sein Arbeitszimmer. Seine Katze, die er Perle getauft hatte, war auch schon wach und schlich verdächtig oft durch seine beiden Beine hin-durch.

Mist. Er hatte sie gestern Abend vergessen zu füttern, dachte er. Sie schien es ihm nicht übel genommen zu haben, doch ihr wehleidig klingen-des Mietzen verriet ihm, dass sie wohl sehr sehr hungrig sein musste. Er aber genauso.

Seit dem schnellen Fertigsalat aus dem Su-permarkt in der Mittagspause gestern hatte er nichts mehr zu sich genommen, außer Rotwein und Schlaftabletten.

Dr. Ashanti streichelte durch Perles weiches Fell und graulte sie unter ihrem Kinn. Was sie gerne mochte. Sie schnurrte. Nach dem Tod sei-ner Frau und seines Sohns ertrug er nicht mal mehr Perle in seiner Nähe.

Er hätte sie fast seiner Nachbarin geschenkt, die ab und an nach ihr schaute, wenn er auf Wochenendseminaren war oder für längere Zeit zu einem Kongress fuhr.

Doch jedes Mal, wenn er auswärts schlief, in irgendeinem trögen Hotelzimmer verweilte, vermisste er sie mehr, als er zugeben wollte und so erlosch sein Gedanke schnell wieder, sie wegzugeben. Dr. Ashanti schlüpfte in seine Hausschuhe, die im Flur unter der Garderobe standen und machte ihnen beiden Frühstück.

Er nahm die Leberpaste für Perle und Magerquark und Pflaumenmarmelade für sich aus dem Kühlschrank. Dr. Ashanti ging auf die Fünfzig zu. Da war es nicht mehr so leicht, ohne sportliche Aktivitäten die Figur zu halten.

Dr. Ashanti war zwar von Natur aus schlank, doch der Bauchansatz unterhalb seiner schlanken Brust machte auch vor ihm keinen Halt. So gab es morgens nur magere kalorienarme Kost für ihn und für seine pummelige Perle die fettige Leberpastete vom Feinkostmetzger, damit er wenigstens riechen konnte, worauf er verzichten musste.

»Schatz, du müsstest aber auch mal mehr auf deine Figur achten«, sagte Dr. Ashanti zu Perle, die sich nur noch für die Leberpastete interessierte und schmatzend neben ihm auf dem Boden saß.

»Naja, morgen vielleicht oder übermorgen. Heute müssen wir ja nicht damit anfangen.«

Perle schmatze weiter.

Dr. Ashanti stand an der Küchenzeile und löffelte seine Schüssel voll mit Magerquark gemischt mit Pflaumenkonfitüre aus und blätterte in der neuesten Ausgabe »Psychologie heute.«

»Guck mal hier die Artikelüberschrift: Katzen dein bester Freund. Hmmmmmmm?«

Dr. Ashanti schaute zu seiner Katze runter, die unbeirrt ihr Schmatz Konzert fortsetzte. Als er mit seinem Frühstück fertig war, ging er unter die Dusche und machte sich auf den Weg in seine Praxis zu seinem 9.00 Uhr Termin.

Passenderweise war es eine Katzenliebhaberin die Probleme hatte, Männer zu finden, die ihre Katzenleidenschaft mit ihr teilten. Dr. Ashanti schaute in seinen Kalender, ob heute zufälligerweise tag der Kanze war – dem war aber nicht so.

Sein Beruf war schon sehr abwechslungs- und erfahrungsreich und er wurde mit jedem neuen Patienten oder Patientin aufs Neue gefordert.

Bisher konnte er sich auch immer emotional von seinen Patienten distanzieren. Mit seiner neuen Trauma-Gruppe war es anders. Die Sitzungen hingen ihm noch Tage danach nach. Seine Katzendame durchbrach seine Gedankenspirale und lenkte ihn etwas ab.

Er drehte sich zwar jede Sitzung mit ihr im Kreis und sie hatte lange die von der Krankenkasse vorgeschriebenen vierundzwanzig Sitzungen überschritten doch bei ihr konnte er seine Gedanken umlenken.

Marianne Haberlein hängte ihren mit Katzenhaaren übersäten Filzmantel über die Couchlehne in seinem Arbeitszimmer und legte sich dazu. Sie fing sofort an zu erzählen, bevor er sie überhaupt richtig begrüßt hatte.

»Also Dina, Dr. Ashanti, Dina war heute Morgen wieder besonders verschmust. Garfield hat Senna wieder das Futter weggenommen. Marvin und Karla haben auf dem Kratzbaum Fangen gespielt. Sie sehen, ich habe gar keine Zeit, mich um eine Verabredung zu kümmern.«

»Ja, das sehe ich. Aber was ist denn mit Ihren Bedürfnissen? Ich höre immer nur was ihre Katzen machen und brauchen, aber ich sehe nicht, was Ihre Bedürfnisse sind, Marianne.«

»Guter Ansatz, Dr. Ashanti. Gestern Abend zum Beispiel, ich war gerade dabei, auf meinem Dating-Portal mit einem adretten Mann, Mitte fünfzig, zu schreiben. Wir fingen erst an, uns recht lange über unsere Hobbys und Vorlieben auszutauschen und er flirtete dabei ziemlich heftig mit mir. Als ich dann an der Reihe war, von mir zu erzählen, ging er nach meinem dritten Satz offline und kam nicht wieder online. Vorhin bin ich nochmal online gegangen um nachzusehen, ob er geantwortet hat, da hatte er schon mein Profil geblockt und ich konnte ihm nichts mehr schreiben. Und das ist eben häufig der Fall. Meine Katzen sind halt mein Leben, was soll ich machen? Haben Sie einen Vorschlag, Dr. Ashanti?«

Dr. Ashanti machte sich Notizen und schaute nach dem Punkt, den er nach dem letzten Satz gesetzt hatte, zu ihr rüber. Er schob sich seine Brille zurück auf seinen hinteren Nasenrücken und überlegte kurz. Dann antwortete er ihr:

»Vielleicht sollten Sie nicht immer gleich mit der Tür ins Haus fallen und die Katzen erst, sollte es zu persönlichen Treffen kommen, bei der dritten oder vierten Verabredung erwähnen, so dass die Männer nicht gleich das Gefühl haben, mit ihren Katzen eine Beziehung einzugehen.«

»Pfff, ist das ihr Ernst?«, schnaubte Marianne Haberlein verwundert und missgünstig.

»Ja, Marianne, das ist mein voller Ernst. Ich habe auch eine Katze. Perle, sie erinnern sich, ich habe Ihnen von ihr erzählt. Sie ist mir sehr wichtig und ich liebe sie über alles, auch wenn sie manchmal ganz schön zickig sein kann.«

»Ja, Senna ist auch so eine«, unterbrach sie ihn.

»Ja, obwohl sie ein Teil von mir ist, ist sie aber auch nur ein Haustier und kein Lebenspartner. Sie müssen anfangen sie nicht als Ersatz zu sehen.«

Dr. Ashanti merkte, dass er gerade von sich selbst redete. War Perle nicht zu seinem Partnerersatz mutiert? *Verdammt, Ali, befolge doch einfach mal deine eigenen Ratschläge,* dachte er und fuhr fort.

»Ich meine, natürlich gehören die Katzen und Kater zu Ihnen, keine Frage, und es ist schön, dass Sie eine Tierliebhaberin sind und sich um Tiere kümmern, doch Sie vereinnahmen halt Ihr ganzes Leben und lassen ihre Persönlichkeit in den Hintergrund treten. Versuchen Sie doch beim nächsten Mann, der Sie näher kennenlernen möchte, ihm die Marianne zu zeigen, die Sie waren, bevor die Katzen und Kater in Ihr Leben getreten sind.«

Ja, Ali, wer warst du eigentlich vor Perle? Stimmt. Ein glücklicher und stolzer Mann!

»Ich hatte schon immer Katzen, Dr. Ashanti, das ist, glaub ich, das Problem. Ich weiß gar nicht, wer ich ohne sie bin«, sagte Marianne Haberlin nachdenklich und in sich gekehrt.

»Versuchen Sie es einfach. Ich möchte wissen, was alles in Marianne steckt, deshalb möchte ich Sie bitten, mir bis zum nächsten Mal aufzuschreiben was Sie alles ausmacht. Ihre Vorlieben, Ihre

Wünsch, Ihre Träume, Ihre Sorgen und Ängste. Und das alles, ohne dass Sie eine Ihrer Katzen und Kater erwähnen. Wir sehen uns dann in zwei Wochen wieder und bis dahin ist vielleicht eine neue Onlinebekanntschaft in Ihr Leben getreten, die Sie treffen möchte. Ich danke Ihnen, Marianne und wünsche Ihnen noch einen schönen Tag.«

Dr. Ashanti schlug ihre Akte zu und geleitete Sie zur Haustür und verabschiedete sie.

Martin Hellwig saß gerade vor dem Fernseher und schaute die Sportschau, als eine Whats App-Nachricht in seinem Handy ankam.

»Hey, Süßer, ich vermisse dich. Ich liege hier alleine vor dem Fernseher und sehne mich nach deinen Berührungen. Deinen zärtlichen Küssen.«

Martin bewegte sich aus seiner bequemen Liegehaltung und setzte sich auf. Seine Frau Anja stand in der Küche und machte ihnen das Abendessen.

Mist, Susanne, ich dachte wir hätten das geklärt, dachte Martin Hellwig und war sich unsicher, ob er auf ihre Nachricht reagieren sollte.
Seit letztem Donnerstag, als die neunzig Minuten der Gruppensitzung vorbei waren, endete auch wieder die Zweisamkeit mit seiner Frau.

Die heimlichen Minuten vor seinen Pornoseiten auf dem PC, wenn seine Frau tief und fest schlief, reichten ihm nicht mehr aus. Er wollte wieder einen anderen Körper spüren.

Mist Mist Mist, Martin, reiß dich zusammen.
Es fiel ihm unheimlich schwer und sein Verlangen war stärker. Er beantwortete ihre Whats-App-Nachricht und kündigte sich in einer halben Stunde bei ihr an. Er sprang von der Couch auf und tischte seiner Frau eine Notlüge auf und sagte ihr, er bräuchte etwas frische Luft und würde noch eine Runde spazieren gehen.

Anja reagierte wenig interessiert und stellte ihm keine weiteren Fragen, sondern rief ihm nur nach, als er schon fast aus der Tür war, dass sie ihm das Essen in den Backofen stellen würde.

Dreißig Minuten später öffnete Susanne die Haustür zu ihrer Zweizimmerwohnung in Spitzenunterwäsche und fiel sofort über Martin her. Er kam gar nicht zu Wort und hatte seine Hose schneller aus, als er registrieren konnte, dass er gleich außerehelichen Sex vor sich hatte.

Susanne zog ihm sein T-Shirt aus und saugte sich an seinen beharrten Brustwarzen fest. Martin hatte kurz einen Anflug von Reue, doch dann war seine Lust stärker und er streifte sich seine Shorts von der Hüfte und wälzte sich wild mit Susanne in ihrem Bett herum.

Kurz vor seinem Höhepunkt hörte er Anjas Schrei, als ihr ihr Baby aus den Händen gerissen wurde und vor ihren Augen starb. Martin wollte aufhören, doch dann wurde er von seinem Orgasmus überwältigt und es war zu spät.

Er hatte es längst bereut, bevor Susanne ihren letzten Orgasmus Schrei losgelassen hatte.

Er rollte seinen verschwitzen nackten Körper von ihrem herunter und setzte sich auf die Bettkante. Susanne streichelte über seinen feuchten Rücken, doch Martin zog ihn weg und zog sich schnell wieder seine Boxershorts und seine Hose an.

»Was hast du denn plötzlich? War es nicht gut?« Martin kämpfte mit seinem schlechten Gewissen und konnte Susanne nicht mehr in die Augen schauen.

»Lass mal gut sein. Wir hätte das nicht tun dürfen.«

»Was? Endlich mal loslassen und wieder glücklich sein? Ich weiß, wir hatten eine Vereinbarung, Martin, aber ich muss immer an unsere gemeinsame Zeit denken. Ich habe Gefühle für dich.«

Susanne wickelte ihre Bettdecke um sich und versuchte, Martin zurückzuhalten.

»Deine Frau ist doch schon lange nicht mehr für dich da. Euer trostloses nebeneinanderher leben frisst dich auf, Martin, ich merke das doch.«

Martin hielt inne und blieb im Türrahmen vom Schlafzimmer stehen.

»Klar ist es schön mit dir. Der Sex ist gut. Wir verstehen uns prima. Trotzdem kann ich Anja jetzt nicht im Stich lassen. Ich liebe sie und sie liebt mich, auch wenn sie mir das im Moment nicht zeigen kann.«

»Du machst dir was vor, Martin. Ich sehe doch, wie du mich anschaust, wenn du in mir bist. Das ist nicht nur bedeutungsloser Sex. Bei dir kann man ein Feuer erkennen, dass man sonst nie sieht, wenn wir auf der Arbeit sind.«

Martin wusste, dass es stimmte, was sie sagte. In ihrer Nähe bekam er Herzklopfen und Schmetterlinge im Bauch. Bei ihr fühlte er sich geborgen und verstanden. Ohne die ewigen Vorwürfe, warum er an dem Tag nichts getan habe, um ihr Baby zu retten und zuschaute und nur starr dastand.

Der körperliche Rückzug, den Anja jedes Mal ansteuerte, wenn er nur etwas Zärtlichkeit von ihr einforderte. Es war nicht der Sex, den sie ihm verwehrte, sondern die komplette Verweigerung, ihn zu berühren. Martin ging einen Schritt zurück und küsste Susanne auf die Stirn und bat sie um Verständnis. Dann sagte er ihr Lebewohl und verließ ihre Wohnung.

Teil 2

6

Dr. Ashanti kam die Treppen hinuntergeeilt, die vom Gehweg aus in den Park führte. Bis auf Martin Hellwig hatten sich alle an dem vereinbarten Treffpunkt beim Fußballplatz eingefunden und warteten ungeduldig darauf was sie wohl erwarten würde. Dr. Ashanti schloss sich ihnen an und bat sie hechelnd um eine kurze Verschnaufpause. Er hatte den Wecker heute Morgen zu spät gehört und dann hatte er auch noch einen platten Fahrradreifen, den er geschwind flicken musste. Naja, er klebte ein Stück Gaffa-Klebeband über das Loch, doch so wirklich gehalten hatte seine Flickerei nicht, aber es reichte für die Strecke von seiner Wohnung bis zum Park.

Als er wieder einigermaßen Luft holen konnte, teilte er seiner Gruppe den heutigen Plan für die Sitzung im Freien mit.

»Wo ist Ihr Mann, Frau Hellwig?« fragte Dr. Ashanti verwundert.

Anja druckste herum und wollte nicht so recht mit der Wahrheit herausrücken. Sie antwortete, dass er gestern starken Husten und eine verstopfte Nase bekommen hätte und er sich heute Morgen noch nicht gut genug fühlte, um zur Gruppensitzung mitzukommen. Mehr bekam er nicht zu hören. Dr. Ashanti bedauerte sein Fehlen und wünschte ihm eine gute Besserung.

»So, liebe Gruppe, ich sehe, Sie sind schon alle ganz gespannt, was ich heute mit Ihnen allen vorhabe. Gut, ich habe Sie lange genug auf die Folter gespannt! Wir werden heute lachen und schreien. Der Park ist fast leer, somit gehört er heute Morgen uns.«

Inka und Hans-Peter schauten sich skeptisch an. Anja kicherte schon über die Vorstellung, wie eine Verrückte durch den Park zu rennen und herumzuschreien.

Jonathan ging das Spiel, wie nicht anders zu erwarten, wieder gegen den Strich. Kramer sah es locker. Er rempelte Steevenson kumpelhaft an und versprach ihm, dass das bestimmt Spaß brächte. Inka kam sich kindisch und albern vor, und das äußerte sie auch ihrer Gruppe gegenüber.

»Ich sehe eine Riesenbegeisterung? Lassen Sie es uns einfach mal ausprobieren. Selbst wenn Ihnen nicht zum Lachen zumute ist. Künstliches Lachen oder die Andeutung eines Lachens setzt schon positive Botenstoffe in unserem Gehirn frei, die für die gute Laune in uns sorgen. Es funktioniert! Wirklich. Es gibt extra Lachgruppen, wo sich unterschiedliche Leute verabreden, um einfach nur gemeinsam zu lachen.«

Inka und Hans-Peter waren immer noch nicht überzeugt von dem Theater.

»Wenn Ihnen nichts Lustiges auf Anhieb einfällt oder es Ihnen nicht gelingt, Ihr Lachen tief aus dem Bauch herauszulocken, dann habe ich zur Not noch ein Witzebuch dabei. Es ist zwar nicht mehr das neueste und schon ziemlich vergilbt, aber der Zweck heiligt die Mittel.«

»Ihren Optimismus müsste man haben, Doktor!«, kommentierte Steevenson Dr. Ashantis Plädoyer.

»Wir gehen auf die große Wiese und bilden einen etwas größeren Kreis, damit jeder genug Bewegungsfreiheit hat.«

»Und wann schreien wir?«, fragte Anja, die sich in den unförmigen Kreis stellte und sich in einen Scherenschritt stellte.

»Um die anderen nicht abzulenken und aus dem Konzept zu bringen, lachen wir erst mal eine Runde, einverstanden. Später dürfen Sie dann schreien, Anja.«

»Mit Baum festhalten oder wie? moserte Steevenson, der natürlich etwas außerhalb des Kreises stand und nicht wirklich etwas mit der Art von Therapiemethode anzufangen wusste.

»Ja, Leute dann lacht mal los. Drei, zwei, eins... Ha ha ha ha«

»Bitte, Herr Steevenson, ich gebe das Kommando. Wenn Sie mit der Übung überfordert sind, dann dürfen Sie sich gerne da vorne auf eine Parkbank setzten und für diese Übung aussetzen.

Wenn Sie lieber schreien wollen, dann kommen Sie nachher einfach wieder dazu.«

Steevenson ruderte zurück und hielt fortan seinen Mund.

»So. Alle bereit? Dann legen wir los bei drei, zwei, eins...«

Stille. Keiner lachte, außer Dr. Ashanti und Kramer, die sich anhörten wie das überzerrte Lachtonband, das bei Sitcoms im Fernsehen abgespielt wurde. Inka und Hans-Peter husteten eher, als dass sich ihre Töne wie Lacher anhörten. Anja Hellwig kicherte wie ein zerdrücktes Gummihuhn.

»Klasse. Doc. Prima Idee!«

»Ruhig, Brauner. Einfach mal auf dich wirken lassen. Nicht alles im Vorfeld schlecht machen. Einatmen und loslassen«, fuhr Kramer Steevenson über den Mund, um ihn nicht eine erneute Revolte auslösen zu lassen. Dr. Ashanti zählte erneut von drei herunter. Die zweite Runde klang etwas besser, aber von weitem hätte man vermuten können, dass er gerade seine Schwangerschaftsgruppe in der Natur ausführte.

»Es wird. Es wird. Ich spüre das!«, motivierte Dr. Ashanti seine lustlose Gruppe. Kramer war der Einzige, dem es wirklich Spaß zu machen schien und ehe Dr. Ashanti den dritten Countdown anfing, war Kramer so über die Slapstick-Situation amüsiert, dass ihm ein richtiges, echtes Lachen herausplatze, das plötzlich alle ansteckte.

Sie lachten los. Einer nach dem anderen. Auch Steevensons aufgesetztes Lachen wurde echter. Sie lachten und es wurde immer lauter, bis ihnen die Tränen kamen. Dann fing Dr. Ashanti an, Witze aus seinem Buch vorzulesen.

Sie lachten sogar über die schlechten Witze, die nicht mehr zündeten, weil sie nicht mehr zeitgemäße Worte beinhalteten.

Eine Fußgängerin mit ihrem Hund an der Leine beobachtet sie von weitem neugierig und blieb eine Weile stehen und schaute zu. Als die Kinder auf dem Spielplatz hellhörig wurden und auf die lauten Lacher aufmerksam wurden, rannten sie rüber zu der großen Wiese.

Sie stellten sich zwischen die Lachenden und lachten und kicherten mit. Ein kleines Mädchen schaute mit ihren unschuldigen Rehaugen zu dem lachenden Steevenson hoch, der einige Köpfe größer war als sie, strahlte ihn an und nahm seine Hand. Steevenson spürte was. Ein elektrischer Schlag donnerte durch seine Gliedmaße.

»Was machst du da?«, fragte er die Kleine und lachte weiter. Die Kleine pendelte mit ihrem Arm hin und her und zeigte Steevenson freudestrahlend ihre Zahnlücke.

»Du siehst aus wie mein großer Bruder Ben. Siehst du die Lücke da? Das war mein letzter Milchzahn. Er hat die ganze Woche schon gewackelt und gestern wollte mein Bruder nachgucken und hat ein bisschen an dem Milchzahn gezogen.

Dann war er plötzlich draußen. Und jetzt liegt er zuhause unter meinem Kissen und wartet auf die Zahn Fee.«
Dann öffnete die Kleine wieder weit ihren Mund und zeigte mit dem Finger stolz auf ihre kleine Zahnlücke. Steevenson konnte nicht mehr. Er wollte sie auf der Stelle umarmen und nie wieder loslassen. Er fing an zu husten.

Dann merkte er, wie sich sein Gesicht zusammenzog und sein Herz stark zu pochen anfing. Er sackte zu Boden und schrie ganz laut den Namen seiner toten Freundin Susanne.

»Steevenson, was haben Sie?«, fragte Dr. Ashanti, der neben dem kleinen Mädchen stand, deren Rehaugen zu großen grünen Murmeln erstarrten.

»Meine Susanne ist weg. Sie ist nicht mehr da...«

Steevenson konnte seinen Schmerz nicht länger hinter seinem Sarkasmus verbergen und ließ ihn endlich raus. Er weinte bitterlich.

Er weinte so von Schmerz beherrscht, wie Inka noch nie einen jungen Mann hatte weinen sehen. Sie kam zu Jonathan gelaufen und umarmte ihn ganz fest. Sein ganzer Körper zitterte.

Er wollte sich einfach nicht beruhigen. Dann kam Kramer näher und dann die anderen und sie stellten sich in unmittelbarer Nähe in einem kleinen Kreis um ihn herum. Da war er, der Knoten, der ihn die ganze Zeit belastet hatte.

Endlich löste er sich und all das, was sich bei ihm seelisch angestaut hatte, schwang mit. Steevenson heulte Rotz und Wasser und es wollte nicht aufhören, aus ihm raus zu schwemmen.

Er krümmte sich auf der Wiese in Embryostellung zusammen und vergrub seinen Kopf fest unter seinen Ellbogen.

Dr. Ashanti war überfordert mit der Situation und war drauf und dran einen Krankenwagen zu rufen, doch als Kramer sich zu Steevenson setzte, seinen Arm fest umklammerte und ihm beruhigende Worte ins Ohr flüsterte, besserte sich Steevensons Zustand und er setzte sich aufrecht hin und war wieder ansprechbar. Dr. Ashanti war erleichtert und steckte sein Mobiltelefon wieder in seine Hosentasche zurück. Anja Hellwig war neugierig und wollte wissen, was Kramer Steevenson geflüstert hatte. Kramer grinste sie nur an und sagte:

»Das wirst du wissen, wenn du mal in so eine Situation kommen solltest.«

Anja wusste nicht, ob sie die Aussage gut finden sollte oder abweisend und zog sich daher unsicher und beleidigt zurück zu Inka und Hans-Peter, die bei ihren Rucksäcken standen und Tee aus Hubers mitgebrachter Thermoskanne tranken.

»Mit oder ohne, Anja?«

»Wie? Kriege ich heute nur blöde Sprüche von euch allen an den Kopf geknallt?«

Hans-Peter und Inka schauten sich verdutzt an.

»Mit Schuss oder ohne, Herzchen? Du hast die Wahl!«

»Ach, ihr könnt mich alle mal. Und das kreuzweise. Hörst du? Kreeeeuz-weeeiii-see.«

Sie zeigte ihnen den Mittelfinger und stampfte wutentbrannt über die Wiese in Richtung Sportplatz und verschwand aus ihrem Blickfeld.

»Hat die ihre Tage oder was ist mit ihr los?« fragte Hans-Peter Inka und schenkte ihnen beiden Schnaps in ihre Becher mit Tee. Inka zuckte nur mit den Schultern.

»Ich habe keinen blassen Schimmer, was sie hat! Vielleicht war was mit ihrem Mann. Oder Steevensons Heulkrampf hat sie aufgewühlt. Frauen sind manchmal kompliziert, Hans-Peter! Es muss auch nicht immer einen Grund geben, damit wir schlechte Laune haben. Prost!«

Inka schlug ihren Emaille-Becher gegen den von Hans-Peter, so dass etwas Tee herausschwappte und auf dem Rasen landete. Sie kicherte und nahm einen kräftigen Schluck.

Dann bereitete Hans-Peter Steevenson einen Becher mit Schuss vor und reichte ihn ihm, der ihn verstört entgegennahm und ohne lange zu überlegen mit einem Zug austrank.

Er musste aufstoßen und ließ einen lauten Rülpser los. Das kleine Mädchen mit der Zahnlücke stand immer noch starr neben ihrem neuen großen Bruder und beobachtete fasziniert seine Gestik und Mimik.

»Ha ha. Genau wie mein Bruder. Der rülpst auch immer, wenn er zu schnell getrunken hat. So, großer Bruder zwei, ich muss leider los, meine Mama wartet daheim mit dem Essen auf mich. Maaa-chs- g-uuu-t.«

Sie lächelte ihm ein letztes Mal zu und winkte ihm, während sie wegrannte. Steevenson hätte auf der Stelle erneut anfangen können zu weinen, doch der Schnaps hatte ihn beruhigt und hielt seine Tränendrüsen in Schacht. Anja tauchte an diesem Morgen nicht wieder auf und als sich Dr. Ashanti sicher war, dass Steevenson sich wieder einigermaßen auf den Beinen halten konnte, entließ er die Gruppe.

Ohne Schlussworte, da Dr. Ashanti nach dem Ausgang seiner Sitzung nicht mehr dazu aufgelegt war, seine Patienten mit motivierenden Worten heimzuschicken.

7

Martin Hellwigs Kleiderschrankhälfte war leergeräumt, als Anja nach Hause kam und sie ins Schlafzimmer ging, um sich etwas anderes überzuziehen. Das eingerahmte Foto von der heilen glücklichen Familie, die nicht mehr existierte, war von Martins Nachttisch verschwunden.

Ihr blieb nur das Baby-Foto das auf ihrem Nachttisch stand. Es war ihr nicht gleichgültig, aber irgendwie hatte Anja noch nicht richtig realisiert, dass sie Martin vor einer Woche verlassen hatte, als er wieder von seinem Spaziergang zurückkehrt war, verstört, und ihr nur wirres Zeug an den Kopf geworfen hatte.

Ihr gemeinsames Auto hatte ihr Martin vor der Garage unten auf der gegenüberliegenden Straßenseite stehen lassen. Als sie nachsehen wollte, ob das stimmte, sah sie ihn in ein fremdes Auto einsteigen. Wobei. Im Nachhinein war es gar kein fremdes Auto. Sie wurden mal nach einer Geschäftsfeier von Martins Firma mit diesem Wagen nach Hause gefahren, als sie beide zu tief ins

Glas geschaut hatten und kaum noch geradeaus gehen konnten. Sie war es. Sie kannte sie auch noch, was es eigentlich noch schlimmer machen müsste, doch es war ihr gleichgültig.

War es das wirklich? Oder wollte es sich Anja nur nicht eingestehen, mit Schuld an der Situation zu tragen? Schwachsinn. In einer Ehe gibt es nicht nur Erntezeiten. Martin war schuld und nur er allein. Sie trauerte nur.

Dass sie dabei ihren Mann total vergaß und vernachlässigte, kam ihr nicht in den Sinn. Es musste eine Selbstverständlichkeit sein, dass sie sich momentan einfach nicht in der Verfassung befand, über ihren Verlustschmerz hinaus auch noch Aufpasserin für ihren Göttergatten spielen zu müssen. Das musste er doch verstehen.

Warum war er nur so blind und verstand ihren Schmerz nicht? Anja zog sich ihren Lieblingspulli über und lief ins Kinderzimmer.

Sie nahm sich das Lieblingskuscheltier ihres Babys und setzte sich neben den Laufstall auf den Bodenläufer. *Du bist weg. Dein Papa ist weg. Und wo bleibe ich? Was soll ich noch hier?* ging Anja Hellwig durch den Kopf. Anjas Mobiltelefon klingelte.

Dr. Ashanti hatte seit ihrem Verschwinden im Park mehrmals versucht sie telefonisch zu erreichen, doch sie nahm seine Anrufe nicht entgegen.

»Weißt du, Schatz, du warst mein Ein und Alles! Und jetzt, wo dein Papa weg ist, bin ich ganz alleine. Du fehlst mir so schrecklich, dass ich kaum atmen kann. Du wurdest mir so brutal aus den Händen gerissen, dass ich einfach nicht weiß, wie ich damit klarkommen soll.«

Es klingelte an der Haustür. Anja Hellwig stand auf und ging zur Sprechanlage die neben der Haustür hing. Der kleine Monitor zeigte eine Schwarz-Weiß-Aufnahme von Dr. Ashanti, wie er unten vor der Eingangstür stand und wartete, bis sie auf den Knopf drückte, der die Tür unten öffnen und ihn hereinlassen würde.

Was soll ich tun? Ich habe keine Lust zu reden, dachte sie und zögerte. Dann drückte sie doch den Knopf und ließ Dr. Ashanti herein. Sie öffnete ihre Wohnungstür einen Spalt breit und wartete, bis er mit dem Fahrstuhl in ihrem Stockwerk ankam. Die Wohnung lag gleich gegenüber vom Fahrstuhl. Er hielt an und Dr. Ashanti trat heraus.

»Gott sei Dank, Anja, ich habe mir schon Sorgen um Sie gemacht. Geht es Ihnen gut? Sie waren vorhin plötzlich verschwunden.«

»Ja, Dr. Ashanti, mir geht es gut« sagte sie, ihren Kopf durch den Türspalt streckend.

»Darf ich kurz reinkommen? Nur eine Minute, dann bin ich wieder weg. Versprochen!«

Dr. Ashanti konnte sehr hartnäckig sein, wenn es darauf ankam, und er spürte, dass eben nicht alles in bester Ordnung war bei seiner Patientin. Auch so hatte er ein gutes Gespür, wenn sich jemand in einer Notlage befand oder Hilfe benötigte.

Er war ein Menschenfreund und konnte mit jeder Art Mensch umgehen. Bisher hatte ihn das beruflich jedenfalls sehr weit gebracht.

Vielleicht konnte er sich in Anjas Fall aber auch einfach nur genau vorstellen, wie sie sich fühlen musste, weil es ihm ähnlich ging.

Er hatte zwar einen Weg gefunden, mit seiner Situation einigermaßen gut klar zu kommen, doch perfekt war sie nicht, dass wusste er.

8

»Du bist heute so still, Ali Ashanti. Was ist los mit dir, mein Freund? Ist irgendetwas vorgefallen?«

Ashantis treuer Freund Frank Herrmanns saß ihm in dessen Praxis gegenüber und schaute ihn erwartungsvoll an.

»Was soll sein, Frank? Alles wie immer. Der normale Wahnsinn. Du weißt doch wie das ist!«

Ashantis Freund wollte ihm das nicht so recht abkaufen und hakte intensiver nach.

»Hast du wieder diese Träume, Ashanti? Letztes Mal warst du ziemlich fertig und hast mir erzählt, dass sie neuerdings verstärkt in deinen Träumen auftauchen. Du stehst plötzlich in der Leichenhalle und ihre leblosen Körper fangen an, mit dir zu kommunizieren. Erinnerst du dich daran?«, fragte Frank Herrmanns nach und schaute seinen Freund mitfühlend an, der heute nicht ganz bei der Sache zu sein schien.

»Ashanti? Bist du anwesend? Rede mit mir. Bitte.«

»Ja, Frank, entschuldige bitte. Was meintest du?«

Er machte eine kurze Pause.

»Die Träume? Ja die Träume sind nach wie vor präsent.«

»Ich weiß, dass es dir schwerfällt, hier vor mir zu sitzen und dir Hilfe zu suchen. Aber du weißt, ich sitze hier nicht nur als dein Therapeut, Ashanti, sondern auch als dein Freund, der dich unterstützen will.«

Dr. Ashanti nickte und dankte ihm für seine Worte.

»Wie läuft es denn mit deiner Trauma-Gruppe? Macht ihr Fortschritte?«

»Läuft gut, Frank. Sie öffnen sich mir von Mal zu Mal ein Stück mehr. Zwei Fälle machen mir etwas Sorgen, da hat sich der Auslöser ihres Traumas stärker verwurzelt. Vorgestern habe ich die Lachmethode angewendet und das hat ganz gut funktioniert. Das hat die Gruppe enger zusammengeschweißt und es gab positive Resonanz. Ich wollte dann noch mit ihnen schreien, aber dann blieb uns die Zeit nicht mehr, weil sich bei einem meiner Patienten dessen Trauma-Knoten löste und er fast eine Dreiviertelstunde damit zu kämpfen hatte, mit der Reaktion, die seine Psyche in seinem Körper auslöste, umzugehen.«

»Sehr schön, Ashanti« sagte Frank Herrmanns und notierte sich etwas auf seinem Schreibblock, der bereits fast voll war. Er führte für jeden Patienten einen Schreibblock. Mit Aktenführung hatte er es nicht so.

»Doch es läuft gut. Ich bin sehr zufrieden mit meiner Gruppe!«, fuhr Ashanti fort.

»Und sonst? Was machst du nach der Arbeit? Gehst du noch zum Sport? Wir sollten mal wieder Squash spielen gehen.

Das haben wir ewig nicht gemacht«, sagte Frank Herrmanns und nutze aus, dass sein guter Freund langsam auftaute und redseliger wurde. Die Stunde war fast vorüber.

Sie verabredeten sich für den kommenden Samstag zum Squash spielen und Frank Hermanns übernahm die Platzreservierung.

»Also Samstag. Vierzehn Uhr? Und dieses Mal nur als Freunde. Du bist kein Therapeut und ich bin kein Therapeut und wir reden nicht über dich oder die Arbeit. Abgemacht?«, sagte Ashantis Freund und streckte ihm die Verabredung besiegelnd die Hand hin. Dr. Ashanti schlug ein.

»Abgemacht. Vierzehn Uhr am Samstag.«
Kramer stand in seiner Küche am Herd und kochte Spaghetti mit Tomatensoße und Fleischbällchen. Linas Leibspeise.

Der Esstisch war für zwei gedeckt. Er goss die kochenden Nudeln ab und schüttete sie zurück in den Kochtopf, den er zusammen mit dem kleinen Topf mit der Tomatensoße und den Fleischbällchen darin auf den Esstisch stellte.

»Lina, Engel, Essen ist fertig«, rief er nach seiner Tochter und machte ihr etwas Spaghetti und Tomatensoße auf ihren Teller. Dann machte er sich etwas auf seinen Teller.

Lina warf ihren Schulranzen in den Flur und stürmte zu ihm an den Esstisch.

»Du hast was vergessen, Schatz! Erst die Hände waschen.«

Lina stöhnte.

»Och menno. Muss das sein? Ich habe so Kohldampf, Papa.«

»Erst Hände waschen, dann gibt's was.«

»Ist gut.«

Lina lief wie ein Roboter in Zeitlupe zum Spülbecken und wusch sich demonstrativ die Hände und kommentierte jeden Waschvorgang.

»Erst das Wasser. Jetzt kommt die Seife. Wieder Wasser. Jetzt trockne ich die Hände ab. Fertig.«

Kramer lachte in seinen Bart hinein, tat aber cool und lobte sie besonders für ihre detaillierte Ausführung des Händewaschens.

Bevor er »Guten Appetit« sagen konnte, steckte schon ein Fleischbällchen in Linas Mund und ihr Mund und ihr T-Shirt waren längst mit Tomatensoße verschmiert. Mit Lina lernte er Wäsche waschen. Und das nicht zu knapp.

Er bräuchte für sich nur eine Maschine voll pro Woche. Mit Lina zusammen waren es fünf. Und Bügeln nicht zu vergessen. Überhaupt wandelte er sich vom Superchaot zum Hausmann seit er den Haushalt alleine schmeißen musste. Bisher hatte es immer seine Frau übernommen.

Jetzt musste er einkaufen, kochen, saugen, Staub wischen, Bad putzen, Wäsche waschen und bügeln. Naja, er schaute nebenbei die Sportschau oder Berlin Tag und Nacht, während er versuchte die Bügelfalten zu bändigen und glatt zu bekommen. Lina saß oft daneben am Couchtisch und machte ihre Hausaufgaben oder klebte Sticker in ihr Sticker-Album oder spielte mit ihren Monster High-Puppen die sie von ihren Großeltern haufenweise zu Weinachten, Ostern und zu ihrem Geburtstag geschenkt bekommen hatte.

Kramer fand die Puppen unheimlich und unnatürlich. Wer trug schon lilafarbene, hellblaue oder giftgrüne Haare? Aber Lina liebte ihre Gruselpuppen aus ihrer Lieblingszeichentrickserie und so bügelte er brav weiter.

»Morgen kommt übrigens Oma zu Besuch und bleibt zwei oder drei Tage bei uns«, sagte Kramer, als sie mit Essen fertig waren.

»Vielleicht gehen wir in den Zoo oder in den Zirkus, der gerade am Neuen Messplatz steht? Was meinst du, Schatz?«

Lina bekam ein Leuchten in den Augen.

»Oh ja. Zoo und Zirkus. Bitte, Papa.«

»Beides? Ich habe nur morgen frei, Engel. Aber ich frag Oma, vielleicht geht sie mit dir übermorgen in den Zoo, okay?«

»Okeee.«

Lina freute sich riesig darauf und begann mit ihren Füßen zu strampeln, als würde es jetzt gleich schon nach dem Essen losgehen. Kramer stand auf und räumte die leeren Teller in die Spüle und als er sich wieder zum Esstisch drehte war Lina verschwunden.

Er schaute zurück zur Spüle und da bemerkte er, dass er einen unbenutzten Teller auf seinen mit Tomatenresten verschmierten Teller gestellt hatte. Kramer wurde traurig. Er setzte sich an den Esstisch zurück und starrte den leeren Platz vor ihm an.

»Lina, Engel. Verdammt. Warum kannst du nicht hier sein? Ich brauch dich so sehr!«

Hans-Peter Huber saß auf der Veranda seines Reihenhauses mit einem Glas Bier und ein paar geschmierten Leberwurstbroten und beobachtete seine Maulwurfhügel, die überall auf seiner kleinen Rasenfläche herausragten.

Er hatte schon alles probiert. Er hat sich sogar diese elektrischen Sensoren besorgt, die Maulwürfe abschrecken sollen, doch sein Maulwurf war anscheinend anders als seine Artgenossen.

Er wühlte sich weiter durch seinen kleinen Garten. Irgendwann hatte es Huber aufgegeben und ihn als ungebetenen Gast akzeptiert. Vor kurzem hatte er sich noch die Mühe gemacht, jeden Hügel mit der Schippe platt zu drücken.

Jetzt ließ er sie einfach Erdhügel sein und wich ihnen beim Rasenmähen aus. Vor ihm stand sein zu gestaubter Grill, den er schon lange nicht mehr benutzt hatte. Huber liebte Grillen und vermisste seine legendären Grillpartys, die er und seine Frau oft für Freunde aus der Nachbarschaft veranstaltet hatten. Nach ihrem Tod hatte er ihn nicht mehr angerührt und auch keine Freunde mehr empfangen. Ihre Freunde erinnerten ihn zu sehr an die schönen gemeinsamen Stunden mit seiner Frau. Sie stand jedes Mal stundenlang in der Küche und bereitete Salate vor und legte verschiedene Sorten Fleisch ein.

Er war für das Feuer und die Getränke zuständig gewesen. Über der Veranda hing die bunte Lichterkette, die sie anmachten, wenn es dämmrig wurde. Manchmal holte er seine Gitarre raus und spielte ein paar Songs von den Rolling Stones oder Eric Clapton. Heute stand sie im Keller in der hintersten Ecke. Eigentlich machte Huber nichts mehr von dem, was er so liebte.

Entweder führte er Selbstgespräche mit seinem neuen Gartenfreund, den er noch nie zu Gesicht bekommen hatte, oder er saß vor dem Fernseher und machte Kreuzworträtsel nebenher.

Und das jeden Gott verdammten Abend. Manchmal besuchte ihn seine Tochter, die mit ihrer Lebensgefährtin drei Straßen weiter wohnte, um nach ihrem Vater zu sehen und ihm etwas frisches Obst und Gemüse vorbeizubringen. Mehr Kontakte hatte er keine mehr.

Erst die Trauma-Gruppe hatte ihm wieder etwas Leben eingehaucht. Er mochte Inka Bartel sehr. Er genoss die Momente mit ihr.

Er merkte, dass er gerne in ihrer Nähe war, auch wenn es während dem neunzigminütigen Seelenstriptease war, wie er es gerne nannte, wenn er seiner Tochter von den Gruppensitzungen berichtete. Seine Tochter ermahnte ihn immer, das Ganze etwas ernster zu nehmen und nicht immer in seinem gewohnten Sarkasmus abzutauchen. Aber Huber nahm die Gruppe ernst.

Nur nicht zu ernst, dafür war er zu Manns genug, als seine Seele völlig der Welt zu offenbaren und am Ende nackt dazustehen, ohne die Kontrolle darüber zu behalten. Ihm war die Gruppe wichtig aber er war auch ein Seewolf, der gerne die Sachen mit sich selbst ausmachte.

Ihm war Inka Bartel wichtig. Ihm wurde nach seinem zweiten Leberwurstbrot bewusst, dass er sie mehr als nur mochte. Ja, er glaubte, dass er mehr als nur freundschaftliche Gefühle für sie hegte. Seine Tochter hatte es längst bemerkt, so oft wie er von Inka erzählte und schwärmte.

Sie freute sich für ihren Vater, dass er wieder glücklich sein konnte, auch wenn sie ihn nicht darauf ansprach. Als Huber sein Glas Bier ausgetrunken hatte, wischte er sich den Schaum, der in seinem grauen Schnauzer kleben blieb, vom Mund, und er fasste den Entschluss, seiner Veranda wieder Leben einzuhauchen und den Grill endlich wieder anzuheizen.

Er wollte wieder eine Gartenparty schmeißen. Mit gegrillten Spare Rips, Maiskolben, knackigen Bratwürsten. Mit tonnenweise Kartoffelsalat und seinem treuen Freund Eric Clapton.

Die Veranda brauchte wieder Geselligkeit. Er brauchte wieder Gesellschaft. Mit seinem Dasein als einsamer Seewolf musste Schluss sein.

Teil 3

9

Anja Hellwig lief blindlings durch die wuselnde Menschenmenge, die sich vor ihr in der Bahnhofsunterführung erstreckte. Bestehend aus Leuten, die entweder schnell zu ihrem Gleis liefen, weil ihr Zug gleich abfuhr, oder sie mit einem Zug angekommen waren und schnell ihre Straßenbahn erreichen mussten. Das grelle Licht der Tunnelbeleuchtung blendete sie.

Mit gesenktem Kopf und ihrer Kapuzenmütze von ihrem Lieblingspulli über den Kopf gezogen drängelte sie sich an den Reisenden vorbei. Sie sah nicht wirklich, wo sie hinlief. Sie ging unter in der Menschenmasse, bis sie bei den Außengleisen der Güterzüge ankam.

Vor ihr erstreckten sich die beleuchteten Bürogebäude, die auf der gegenüberliegenden Straßenseite des Bahnhofs standen.

Sie fühlte sich winzig und leer. Ihre Wimperntusche war in ihrem Gesicht verlaufen und ihre Augen rot angeschwollen, von dem Heulkrampf, den sie erlitten hatte, nachdem Dr. Ashanti nach seinem Besuch bei ihr in der Notaufnahme wieder gegangen war. Sie hatte das Lieblingskuscheltier ihres Sohnes unter ihren Arm geklemmt.

»Gleich bin ich bei dir, Schatz« sagte sie vor sich hin und lief über die Schottersteine an den Gleisen entlang. Die Züge rauschten an ihr vorbei. Der Fahrtwind peitschte ihr ins Gesicht.

Dann suchte sie sich eine Stelle, an der die Züge ihre Geschwindigkeit erhöhten. Sie stand mit ihren Füßen gefährlich nah an dem Gleis und blickte in die Dunkelheit, die nur durch ein paar Laternenlichter begleitet wurde, die von der Hochstraße orangefarben her strahlten.

»Der nächste wird es sein, Schatz. Der nächste Zug bringt mich zu dir! Endlich. Ich kann es kaum erwarten, wieder bei dir zu sein.«

Sie machte sich bereit für den letzten Schritt, ohne den Ausgang zu fürchten. Ihr Schmerz hatte sie lange genug betäubt.

Doch jetzt würde es bald ein Ende haben. Ein ICE rauschte auf dem anderen Gleis vorbei.

Sie schaute in die Fahrgastkabinen und in die verschwommenen Gesichter, die im Lichtstrahl auftauchten. Sie nahm einen kräftigen Atemzug und streckte ihre Arme in die Luft.

Sie fühlte sich auf einmal bestärkt in ihrem Vorhaben und scheute keine Furcht. Es gab nur diesen einen Ausweg für sie. Nichts konnte sie mehr daran hindern, ihrem Baby in den Himmel zu folgen. Ihre Beine zitterten. Sie fing am ganzen Körper an zu frieren.

»Ich höre ihn schon, Schatz. Warte, gleich wird es soweit sein.«

In der Ferne summte das Rauschen des anfahrenden Zuges, der auf dem Gleis, an dem sie stand, vorbeifahren würde.

Sie ballte ihre Hände zu Fäusten und machte sich bereit, den letzten Schritt zu wagen, der sie von ihrem Schmerz erlösen würde.

Das Scheinwerferlicht des anfahrenden Zugs eilte ihm in der Kurve voraus und kündigte seine Ankunft an. Sie drehte ihren Kopf nach links und presste ihre Augen fest zusammen.

»Gleich, Elias, gleich bin ich bei dir! Gott, schenk mir Kraft.«

Anja Hellwig hob ihr Bein an. Als sich der Zug in ihrer unmittelbaren Nähe befand und sie nur noch den letzten Schritt nach vorne machen musste, zog jemand in der allerletzten Sekunde an ihrem Lieblingspulli und sie viel nach hinten zurück auf die scharfkantigen Schottersteine.

Der Zug raste mit fast zweihundert Stundenkilometer an ihnen vorbei. Sie hörte ein »Oh Gott, Mädchen, was hast du denn vor?«

Das Licht der Taschenlampe, mit der ihr Retter ihr vor dem Gesicht herumfuchtelte blendete sie. Dann fiel Anja Hellwig in Ohnmacht. Stunden später wachte Anja im Krankenhaus in der Notaufnahme wieder auf.

Ihre Handgelenke waren an die Trage festgeschnallt und sie stand unter schweren Beruhigungsmitteln, als eine junge Ärztin den Vorhang der Behandlungskabine beiseiteschob und versuchte, sie anzusprechen. Anja stotterte aus ihrem trockenen Mund.

»Bin ich bei meinem Baby. Bin ich bei Elias? Bringen Sie mir mein Baby?«

Die junge Ärztin nahm Anjas Arm und erklärte ihr mit sanfter Stimme, wo sie sich befand und was mit ihr geschehen war, und dass der Mann, der sie vor einem Unglück bewahrt hätte, draußen im Wartebereich sitzen würde und sich Sorgen machte.

»Er, er hätte mich nicht retten sollen. Mir ist nicht mehr zu helfen!«, sagte Anja Hellwig und drehte ihren Kopf zu der Wand, die sich zwischen ihrer und der nächsten Behandlungskabine befand.

»Können wir jemanden benachrichtigen? Haben Sie Angehörige, Anja?«

Die junge Ärztin hatte die Erfahrung gemacht, dass sich Patienten, die man mit ihrem Vornamen ansprach, ungleich wohler fühlten und eher mit einem kooperierten, als wenn man als Fremder im weißem Kittel nur unpersönlich vor ihnen stand.

»Nein. Sind alle tot! Meine Eltern. Mein Kind. Alle sind tot! Und mein Mann ist auch für mich gestorben. Sie sehen, Frau Doktor, alle sind weg. Verstehen Sie jetzt, warum ich nicht mehr leben möchte? Verdammt, er hätte mich nicht retten sollen!«

»Es gibt immer einen Grund, wofür es sich lohnt zu leben, Anja, auch wenn er Ihnen im Moment ganz weit weg erscheint. Ich habe in unserer Datenbank gesehen, dass Sie vor einem halben Jahr schon mal hier mit einem Nervenzusammenbruch eingeliefert wurden. War das, als ihr Kind verstarb?« fragte die junge Ärztin, die sich in der Zwischenzeit auf den Hocker, der neben der Trage stand, gesetzt hatte.

»Warum fragen Sie mich denn, wenn sie schon alles wissen?«

»Ich versuche Ihnen zu helfen, Anja. Normalerweise werden Selbstmordpatienten direkt an unsere psychiatrische Abteilung überwiesen, doch ich konnte noch etwas Zeit herausschinden. Ich möchte erst klären, ob die Ursache Ihres Aussetzers heute Nacht eher ein kurzweiliger Aussetzer ist und kein Dauerzustand bleibt. Sind Sie denn bei jemanden in Behandlung? Haben Sie psychologische Betreuung oder einen Therapeuten, den ich kontaktieren kann?«

Anja schwieg. Sie überlegte. Versuchte in ihrem betäubten Zustand, ihre Gedanken zu ordnen. Sie verkrampfte sich beim Versuch, sich auf der Trage zu bewegen. Dann schaute sie wieder zu der jungen Assistenzärztin und bejahte ihre Frage. Anja fing an ihre Krallen einzufahren und Vertrauen zu der Ärztin zu fassen, die offensichtlich wirklich besorgt um sie zu sein schien.

Ihr noch unverbrauchter Ehrgeiz schien ihr wohl in dieser Nacht zugute gekommen zu sein und sie rechnete ihr hoch an, sie nicht einfach wie eine Nummer in die psychiatrische Klinik abgeschoben zu haben.

»Ja. Ich habe einen Therapeuten. Dr. Ali Ashanti. Seine Praxis ist in den Quadraten. Seine Nummer müsste irgendwo in meinem Geldbeutel stecken.«

Die Assistenzärztin nickte erleichtert und ließ Anjas Arm los, um in der Geldbörse nach der Telefonnummer zu suchen. Sie schaute in den Fächern nach, bis sie die Visitenkarte von Dr. Ashanti zwischen den Geldscheinen fand.

Sie nahm das schnurlose Telefon, das auf dem Wagen mit den Mullbinden und dem Verbandszeug lag, in die Hand und wählte Dr. Ashantis Mobilfunknummer, die er für Notfälle angegeben hatte. Es klingelte eine Weile, bis die Ärztin eine verschlafene Stimme am anderen Ende der Leitung dran hatte. Sie erzählte Dr. Ashanti von Anjas Selbstmordversuch und bat ihn, zu ihnen in die Notaufnahme zu kommen. Dr. Ashanti verstand in seinem Halbschlaf nur Brocken.

Selbstmord? Notaufnahme? Hellwig? Er sprang sofort aus seinem Bett auf, schlüpfte hastig in seine verkrumpelte dunkelgrüne Chino Hose, die zerknittert über dem Wäscheständer hing, und machte sich auf den Weg ins Krankenhaus.

Anja Hellwig brachte Dr. Ashanti ein gequältes Lächeln entgegen, als er in der Behandlungskabine ankam, in der sie festgeschnallt auf einer Trage lag. Besorgt erkundigte er sich bei der Assistenzärztin über Anjas Zustand und bedankte sich bei ihr, ihn so schnell alarmiert zu haben.

»Ich möchte Frau Hellwig ungern in die Psychiatrische überweisen, aber das sind normal die Vorschriften. Wenn Sie mir versichern können, Dr. Ashanti, dass sich Ihre Patientin außer Gefahr befindet, können wir ihr das vielleicht ersparen. Ich lasse Sie beide jetzt erst mal alleine und komme später nochmal wieder.«

Die junge Ärztin zog den Vorhang der Behandlungskabine zu und ließ Dr. Ashanti alleine mit Anja Hellwig. Er setzte sich auf die schmale

Bettkante der Trage und legte seine Hände auf die Bettdecke, die über ihr lag.

»Martin ist gegangen und hat mich im Stich gelassen. Jetzt habe ich niemanden mehr. Verstehen Sie, Dr. Ashanti? Alle haben mich verlassen. Ich wollte einfach wieder mein Baby in den Händen halten und an meiner Brust spüren. Martin hat mir vor ein paar Tagen gestanden, dass er mit einer anderen Frau schläft und mit ihr zusammen sein möchte. Es ist eine Arbeitskollegin von ihm, die ich auch noch kenne. Der Tod unseres Kindes hat alles in mir zerstört. Wir waren eine glückliche Familie gewesen und dann war plötzlich alles weg. Was ist nur passiert, Dr. Ashanti? Ich dachte, dass Martin und ich das irgendwie schaffen würden. Vielleicht irgendwann wieder ein Kind zusammen haben würden, doch da habe ich nicht die Rechnung mit dem Schmerz gemacht, der mich komplett aus der Bahn geworfen hat.«

Anja Hellwig wurde kurzatmig und ihre Stimme zitterte. Ihre Augen füllten sich mit Tränen

»Hören sie zu, Anja. Sie müssen jetzt stark sein und mit mir kooperieren, wenn Sie nicht weiter ans Bett gefesselt sein möchten. Es gibt nur einen Weg für Sie und der ist, nach vorne zu schauen und ihren Schmerz anzugehen. Sie sind in der Gruppe sehr engagiert, auch ohne Ihren

Ehemann. Auch wenn es im Moment schmerzt, dass er Sie verlassen hat, sind Sie doch tough genug, das zu meistern, und in erster Linie geht es auch nur um Sie und Ihren Gesundheitszustand. Sie müssen wieder auf die Beine kommen, Anja, und Ihr Leben selbst stemmen, und erst dann besteht die Möglichkeit, eventuell Ihre Ehe zu retten oder eben einen Neuanfang zu wagen. Wenn Sie mir versprechen, keinen Unsinn mehr zu machen, dann unterschreibe ich den Wisch hier und der Verdacht der akuten Selbstgefährdung wird aufgehoben und Sie können wieder nach Hause, wenn es Ihnen besser geht.«

Dr. Ashantis Worte waren Balsam für Anjas Seele. Sie fühlte sich sofort besser und erleichtert, ihren Ballast nicht alleine entsorgen zu müssen.

»Sitzt mein Lebensretter noch vor der Tür?«, fragte Anja und versuchte sich, aufrecht hinzusetzten, nach dem ihr Dr. Ashanti die Schnallen an den Handgelenken entfernt hatte.

»Ich weiß es nicht, Anja. Wer hat Sie denn gerettet?«, fragte Dr. Ashanti.

»Ich weiß es nicht genau, aber ich glaube er trägt eine orangenfarbene Regenjacke mit diesen Streifen, die reflektieren. Ich glaube er arbeitet bei der Bahn. Mehr habe ich leider nicht mitbekommen, aber ich möchte ihm so gerne Danke sagen.«

»Ich werde gleich mal nachsehen, aber Sie müssen sich jetzt ausruhen, Anja.«

»Ist gut. Aber Sie schauen nach ihm, oder?« Anja Hellwigs Augen wurden schwerer und ihre Stimme schwach, dann schlief sie völlig entkräftet ein.

<u>10</u>

Anja Hellwig fehlte bei einigen der nächsten Gruppensitzungen und Dr. Ashanti war sich nicht sicher, ob er seiner Gruppe den Grund ihres Fehlens mitteilen sollte, oder ob er besser den Mund hielt und schwieg und gar nicht weiter darauf einging, um seine Gruppe nicht unnötig zu verunsichern und sie womöglich in Angst und Schrecken zu versetzen. Doch ehe er seinen Gedanken zu Ende gedacht hatte kam schon die Konfrontation von Seiten Inkas angerollt.

»Ihr Mann hat sie verlassen oder? Ich habe das schon die ganze Zeit gemerkt, dass bei den beiden etwas im Busch ist«, sagte Inka Bartel und verschränkte triumphierend ihre Arme.

»Wie kommst du darauf?« fragte Kramer, für den es gar keinen Bedarf gab, Anja Hellwigs Fehlen weiter zu hinterfragen.

»Doch, doch, doch. Männer hauen gerne ab, wenn es unangenehm wird! Das ist der heutige Trend! Die erste Krise und weg sind sie bei einem anderen Frauenzimmer im Bett!«

Die Männer der Runde fühlten sich unrecht behandelt und schauten Inka vorwurfsvoll an. Hans-Peter Huber brummte nur ein »N-a-j-a«

»Also ich bin auch ein Mann, Frau Bartel, und ich bin noch nie weggelaufen, wenn es kriselte oder brenzlig wurde. Und fremdgegangen bin ich auch noch nicht bisher«, sagte Dr. Ashanti, sein Geschlecht verteidigend.

»Bei Ihnen ist das was anderes. Sie sind Therapeut!«

»Ja genau und trotzdem bin ich ein Mann? Mit allem was dazu gehört, vielleicht!«
Die anderen Männer im Stuhlkreis lachten auf.

»Also bisher dachte ich es zumindest. Vielleicht sieht das jemand anders?«
Inka merkte, dass sie sich etwas zu weit aus dem Fenster gelehnt hatte und trat den Rückzug an.
Jetzt musste auch Inka über sich selbst lachen.

»War blöd von mir. Entschuldigt bitte. Der Mann meiner Schwester war nur so ein Hallodri gewesen. Der hat sie mit ihren zwei Kindern einfach sitzen lassen. Heute hat er noch drei weitere Kinder von zwei anderen Frauen und vier Enkel. Als ich Anja letztens im Park gesehen habe, hatte sie genau denselben Blick wie meine Schwester damals. Den Blick der gehörnten, verlassenen und gedemütigten Ehefrau.«

»Ist ja nicht weiter schlimm, Inka! Sie wird uns schon erzählen, wenn es so was in der Richtung ist«, sagte Huber.

»So, dann hätten wir das geklärt und können zu unserem heutigen Thema übergehen, das da wäre: Wer bin ich? Wo stehe ich? Wo will ich hin? Wer man ist entscheidet in welcher Lage man sich befindet und lenkt die Gegenwart in eine bewusstere Zukunft.

Also, wir haben unsere Zukunft selbst in der Hand. Ohne zu wissen, wer man ist oder glaubt zu wissen zu sein, tritt man oftmals auf ein- und derselben Stelle und weiß nicht weiter oder wohin die Reise geht.«

»Sehr verwirrend philosophisch, Doc« unterbrach ihn Steevenson, der heute etwas frischer und besser gelaunt daherkam. Dr. Ashanti grinste. »Ja, niemand sagt, dass es hier einfach sei. Wir studieren ja nicht den Geist in- und auswendig, um Ihnen dann die Lösung einfach so auf dem Silbertablett zu präsentieren. Nein, nein,nein, Herr Steevenson. Jetzt sind Sie alle gefragt, Ihr Bewusstsein zu erforschen und womöglich werden Sie alle überrascht sein, was so alles in Ihnen schlummert und Sie noch gar nicht an sich entdeckt haben. Ich habe im Übrigen wieder Karten dabei!«

Ashantis Mundwinkel zogen sich nach oben.

»Hier, bitte« sagte Dr. Ashanti und zückte die Packung mit seinen Zauberkarten hervor.

»Oh ne, nicht die ollen Dinger schon wieder«, motzte Huber genervt.

»Oh doch«, sagte Dr. Ashanti.

»Oh doch. Sie sind und bleiben unsere treuen Weggefährten auf unserem steinigen Weg, Herr Huber.«

Ashanti setzte ein breites Grinsen auf.

»Amen. Ist das Ihr Lieblingsspielzeug? Die Kartentricks meine ich? Haben Sie die selbst gebastelt oder gibt es die so fertig zu kaufen?«, machte Huber unablässig seine Scherze. Dr. Ashanti kam leicht aus dem Konzept und seine Schlagfertigkeit litt heute unter den komödiantischen Einwürfen seiner Patienten enorm.

»Bildkarten sind der Spiegel unserer Seele! Von daher werden Sie im Laufe der Gruppentherapie noch häufiger mit ihnen zu tun bekommen. Meine Schublade im Schreibtisch ist voll davon.

Die Karten heute sind aber andere als beim Thema Tod. Es sind heute mehr Karten im Stapel und die Karten stellen eher Eigenschaften dar.

Ich möchte, dass sich jeder drei oder vier Karten nimmt, von denen er glaubt, dass sie ihn am besten beschreiben oder die Eigenschaften für ihn sprechen.«

Dr. Ashanti verteilte die Karten feinsäuberlich auf den Boden und wartete, bis jeder die gewünschte Anzahl an Karten gezogen hatte.

Es waren sowohl gute als auch schlechte Eigenschaftskarten im Stapel. Die guten Eigenschaftskarten waren noch fast alle übrig, als Dr. Ashanti mit Steevenson anfing und ihn bat, ein paar Worte zu seinen gezogenen Karten zu sagen, was Steevenson überhaupt nicht behagte.

»Mensch, warum muss ich immer mit dem Seelenstriptease anfangen? Kann nicht jemand anderes als Erstes beginnen?«, beschwerte sich Steevenson und verdrehte seine Augen.«

»Doch. Natürlich. Niemand wird hier gezwungen! Sie dürfen sich wieder beruhigen, Jonathan. Wer möchte stattdessen beginnen?« antwortete Dr. Ashanti und überließ seiner Therapiegruppe die Entscheidung. Kollektives Schweigen trat auf.

Huber war eigentlich der Einzige gewesen, der ohne Anlauf offen über seine Gefühle sprechen konnte. Die anderen taten sich noch schwer damit, sich zu öffnen und brauchten immer jemanden aus der Gruppe, der ihnen ein Warm-Up lieferte. Huber hob seine Hand.

»Ich würde gerne, Dr. Ashanti«, sagte Huber und setzte sich aufrecht hin.

»Natürlich. Bitte, Sie dürfen«, antwortete ihm Dr. Ashanti und schenkte ihm seine Aufmerksamkeit. Huber hielt eine der gezogenen Karten zwischen seinen beiden Daumen geklemmt und mit ausgestreckten Armen vor sich, damit alle aus der Gruppe die bedruckte Seite der Karte sehen konnten. Dann legte er los.

»Zum einen habe ich die Karte hier gezogen, auf der sich viele Menschen befinden, die zusammensitzen, feiern und dabei sehr fröhlich wirken. Ich bin ein geselliger Mensch und habe gerne viele Leute um mich herum. Leider ist mir dieses Bedürfnis irgendwie abhandengekommen. Ich verkrieche mich zuhause nur noch vor dem Fernseher oder sitze auf meiner Terrasse und beobachte, wie immer mehr Maulwurfhügel auf dem Rasen dazukommen. Ich habe schon sehr lange keine Freunde oder Bekannte mehr daheim empfangen, aber ich würde das gerne wieder ändern. Mir fehlt die Gesellschaft. Das gemütliche Beisammensitzen und über Gott und die Welt und körperliche Gebrechen zu philosophieren!«

»Gesellschaft ist wichtig. Sich ein soziales Umfeld schaffen und es pflegen. Das lenkt uns ab und schüttet Glückshormone aus«, sagte Dr. Ashanti. Was haben Sie noch für Karten genommen?«

Huber sortierte seinen kleinen Stapel, der auf seinem Knie lag und nahm eine weitere Karte heraus.

»Ich habe den Clown genommen, der in einer Zirkusmanege steht. Ich bin auch sehr humorvoll, zumindest sagt man mir das oft nach!«

»Och, das glaube ich Ihnen aufs Wort. Sie bringen sich hier in der Gruppe sehr gut ein und haben immer einen lustigen Spruch auf Lager. Sie lockern die Stimmung«, unterbrach ihn Dr. Ashanti. Wie ich erkennen konnte sind die anderen beiden Karten von Ihnen negative Eigenschaften! Möchten Sie uns dazu auch etwas sagen oder sollen wir mit jemand anderem weiter machen?«

»Nein. Ich habe die Karten ausgesucht, weil eine negative Eigenschaft ganz neu dazu gekommen ist, die ich vorher an mir noch nie beobachtet habe. Ich bin eigentlich kein rachsüchtiger Mensch, der nach Sühne schreit, doch seit dem Tod meiner Frau bin ich so von Hass erfüllt, dass diese Eigenschaft mich Tag für Tag begleitet und nicht mehr loslässt. In meinem Leben gab es schon oft Situationen, die sicher jeder kennt, in denen man sich ungerecht behandelt fühlt oder man gerne mal jemanden zum Teufel wünscht. Doch diese Eigenschaft ist anders. Stärker als mein Wunsch sie wieder loszuwerden. Selbst als meine Tochter meiner Frau und mir offenbarte, dass wir nie einen Schwiegersohn bekämen, sondern eine Schwiegertochter, hatte ich nicht so eine Wut im Bauch, die diese Eigenschaft hervorgebracht hätte. So habe ich auch versucht, meine Tochter zu erziehen. Ich bin eher ein sanftmütiger offener Mensch, der für alles und jeden Verständnis hat, doch auch das wurde mir genommen.«

Hubers energische Stimme wurde ruhiger und signalisierte, dass er nichts mehr weiter dazu sagen würde. Hubers Warm-Up ließ Kramer auftauen und er wollte als nächstes zu seinen Karten Stellung nehmen. Dr. Ashanti dankte Huber und überließ Kramer das Wort.

»Ihre Karten haben es schon ganz schön in sich, Dr. Ashanti! Sie sehen so harmlos und unschuldig aus und dann greifen sie an und bohren sich in das Innerste der Seele.

Aber das wissen Sie ja schon«, sagte Kramer und schaute zu Dr. Ashanti.

»Ja, das weiß ich« sagte Ashanti und lächelte verhalten. Er wollte nicht schadenfroh reagieren, zumal die Karten seinen Patienten sehr viel abverlangten.

»Ich habe die Theaterkarte gezogen. Ihr werdet jetzt lachen und hättet sicher auch nicht vermutet, dass so ein einfacher Mann wie ich, der auf dem Bau arbeitet und gerne ins Fitnessstudio geht auch kultiviert sein kann und sich fürs Theater interessiert oder? Früher war das auch so gewesen! Arbeit. Mucki Bude und dann mit Bier und Chips vor die Klotze hocken und Fußball oder Boxen gucken. Als ich dann meine Frau Claudia kennenlernte, änderte sich das. Wir gingen zusammen in Ausstellungen oder oft ins Theater. Ich tat mich anfangs schwer damit, kannte ich doch nur Kinderbücher aus meiner Schulzeit. Ich habe nur einen Hauptschulabschluss und da liest man eben kein Goethe oder Schiller. Wir haben Ronjas Räubertochter gelesen. Das Buch war aber insoweit hilfreich, da meine Tochter Lina dieses Buch liebte und ich ihr abends vor dem Schlafengehen immer daraus vorlesen musste. Oper. Ballett. Alles, was meine Frau liebte, fing auch mir an, Spaß zu machen. Sich einfach mal schick in Schale zu werfen und sich für einen Abend zu fühlen wie einer von den oberen Zehntausend. Mein letzter Theaterbesuch ist allerdings schon sehr lange her. Ich gehe manchmal mit meiner Schwiegermutter und Lina ins Museum oder ins Kindertheater. ...Ähm ich meine wir gingen oft... Tschuldigung. Ich bin heute etwas neben der Spur. Lina wollte heute Morgen ihr Müsli nicht aufessen und war schlecht drauf, weil sie heute in der Schule Mathe schreibt.«

Die anderen im Stuhlkreis schauten sich irritiert an. Dr. Ashanti ließ Kramer in seiner Vorstellung, Lina würde noch existieren, um zu beobachten, wie stark seine Wahnvorstellungen bei ihm verankert waren. Dann ging Kramer zu seiner nächsten Eigenschaftskarte über.

»Ich bin sehr rechthaberisch und es ist manchmal sehr schwer, wenn ich mir etwas in den Kopf gesetzt habe, mich vom Gegenteil zu überzeugen. Und ich bin sehr stolz. Zu stolz, dass ich mir oft selbst im Wege stehe.«

»Zu stolz, deine Tochter gehen zu lassen?«, fragte Huber und wagte es, ein brisantes Thema bei Kramer anzuschneiden.

»Wie meinst du das, Hans-Peter?«

»Hans-Peter meint, dass du dich verhältst, als würde deine Tochter noch leben«, klinkte sich Inka in das Gespräch mit ein.

Kramer gab ihnen keine Antwort darauf.

»Was Inka und Hans-Peter sagen wollen ist, dass Lina immer noch eine sehr starke Präsenz bei ihnen hat, Christoph. Zu stark, aber das ist nach einem Trauma nichts Ungewöhnliches. Nur muss man einen Weg finden, damit sich das nicht zu chronischen Wahnvorstellungen manifestiert«, sagte Dr. Ashanti.

Kramer fühlte sich von allen Seiten angegriffen und war sichtlich überfordert mit der Konfrontation. Er wurde bissig und aggressiv.

»Ich wäre euch sehr dankbar, wenn ihr euch einen anderen Sündenbock suchen könntet. Echt. Ihr habt doch gar keine Ahnung, wie das ist. Ich habe in kürzester Zeit zwei Leben verloren. Wollt ihr mir jetzt auch noch mein drittes Leben nehmen?«

»Nein, Christoph, das wollt ich nicht, es war nur eine Feststellung!«, sagte Huber und versuchte, die Situation zu kitten.

»Halt einfach dein Maul, Hans. Du sitzt hier mit erhobenem Haupt und denkst, über uns richten zu können, oder? Du steckst doch genauso in der Scheiße, wie wir alle. Wir haben doch alle einen Knacks weg, sonst wären wir ja nicht hier und würden Hilfe suchen.«

Kramer stand auf und lief zum Fenster und öffnete es, um Luft zu schnappen.

»Es war schon schwer, nach dem Tod meiner Frau mit meiner Lina ein halbwegs vernünftiges Leben zu führen. Und gerade, als wir uns beide ganz gut als Dream-Team eingespielt hatten, Peng ist sie weg und ich steh nur noch vor einem Trümmerhaufen.«

Kramer stützte sich mit seinen Händen auf der Fensterbank ab und streckte sich. Inka wollte aufstehen und zu Kramer rüber gehen um ihm Trost zu spenden, doch Dr. Ashanti hielt sie davon ab.

»Wissen Sie eigentlich wie viel Raum Lina noch bei Ihnen einnimmt? Ich meine, ist Ihnen bewusst, dass sie sich manchmal verhalten, als wäre sie noch unter uns?«

Kramer faltete seine Hände hinter den Kopf.

»Ja das weiß ich. Ich bin kein Fall für die Klapse, Dr. Ashanti, oder denken Sie das etwa?«

»Nein, Christoph, das denkt keiner hier, nur müssen Sie daran arbeiten, damit Sie wieder Sie selbst sein können und Ihr Leben leben.

Sie sollen auch Lina oder Ihre Frau nicht vergessen, aber Sie müssen, und das sage ich ganz deutlich für alle, eine gesunde Distanz entwickeln, damit Sie die Vergangenheit nicht weiter beherrscht und letzten Endes zerstört.

Ich denke, wir machen heute hier an der Stelle Schluss. Nächste Woche möchte ich mit Ihnen in die Natur raus. Ich möchte etwas ausprobieren und dazu brauchen wir frische Luft und viel Grün um uns herum. Wir treffen uns im Park hinter dem Hauptbahnhof am Rheinufer.

Kennt das jeder? Wenn nicht, dann habe ich hier eine Wegbeschreibung.«

Dr. Ashanti öffnete eine DIN A4-Mappe und holte Kopien mit einem Stadtplan heraus und verteilte sie reihum.

»Vielleicht ist Frau Hellwig dann auch wieder unter uns. Ich würde es mir wünschen. Ich entlasse Sie heute mit den Worten: Sag ja zu Dir selbst und sag auch mal nein zu anderen.

Niemand ist wichtiger als man selbst. Ich wünsche Ihnen eine kraftvolle Woche und passen Sie auf sich auf.«

Christoph Kramer lief zu seinem Stuhl zurück und schnappte sich beim Vorbeigehen seine Lederjacke und marschierte schnurstracks aus dem Zimmer, ohne sich von den anderen zu verabschieden. Steevenson rief ein »Ciao« in die sich auflösende Runde und eilte seinem neu gewonnen Freund Kramer schnell hinterher.

Steevenson hatte Kramer gerade noch an der Straßenbahnhaltestelle erwischt, als dieser gerade in die Bahn steigen wollte.

»Warte, Chris. Geht es dir gut?«

Steevenson war um seinen Freund besorgt und wollte ihn nicht alleine mit seiner Wut ziehen lassen. Kramer stand schon in der Tür der Bahn.

»Alles gut, Kumpel. Mach dir keine Sorgen. Lina kommt gleich aus der Schule. Ich habe ihr versprochen, mit ihr zum Outdoor Spielplatz zu gehen.«

Steevenson sah zu, wie die Türen zufuhren und Kramer in der Menschenmenge der vollen Straßenbahn verschwand.

11

Dr. Ashanti lag auf der Liege seiner Thai-Masseurin auf dem Bauch und wartete, bis sie mit den warmen Handtüchern kam und seine Beine damit umwickelte. Es roch stark nach Lavendel.

Fast penetrant, aber es hatte eine beruhigende Wirkung auf ihn. Er konnte selten so gut abschalten wie in den sechzig Minuten seiner Thai-Massage. Seine thailändische Masseurin Yuno kam mit den warmen Handtüchern und erwärmten Steinen in einer Messingschale an die Liege und fing an, seine Beine mit den warmen Handtüchern einzuhüllen und die warmen Steine auf seinem Rücken zu verteilen.

Dr. Ashanti war so verspannt, dass Yuno zuerst seine verhärteten Muskeln lockern musste, bevor sie auf ihn draufstieg und mit ihrer Massage anfangen konnte. Dr. Ashanti genoss die Stille.

Die leisen meditativen Klänge, die über den Lautsprecher tönten. Yunos sanfte Stimme, die sich über sein Wohlbefinden erkundigte. Manchmal konnte Ashanti alles um sich herum ausblenden und sich in eine Traumwelt flüchten. Eine Traumwelt, in der noch alles in Ordnung war.

Eine Traumwelt, in der er mit seiner Frau im Park auf einer grünen Wiese saß und mit seinem Sohn Fußball spielte. Eine Traumwelt, in der er bei einem Fußballturnier seines Sohnes auf der Tribüne saß und ihm stolz zujubelte.

Eine Welt, in der er mit seiner Frau bei der Hochzeit ihres Sprösslings auf der Tanzfläche den ersten Tanz tanzte und ihm und seiner hübschen Braut alles Gute wünschte.

Dr. Ashanti lag auf der Liege und lächelte entspannt. Ashantis ganze Wohnung roch nach Lavendel, doch so wie hier bei Yuno konnte er zuhause nicht entspannen.

Er war gerade in der Traumsequenz, in der er seinem Enkel alte Kinderfotos in einem Album seines Vaters zeigte, als er durch ein sanftes Klopfen auf seine Schulter geweckt wurde.

Yuno flüsterte Ashanti ins Ohr, dass er sich bitte auf den Rücken legen sollte, was er auch tat. Er fand nicht mehr in seinen Traum zurück, aber er fühlte sich für einen Moment glücklich, bevor ihn wieder die Traurigkeit der Realität packte.

In ihrem Einkaufswagen im Supermarkt lagen nur eine Packung Toastbrot und Butter. Anja Hellwig lief eine geschlagene halbe Stunde durch die Gänge wie ein seelenloser Zombie. Das grelle Neonlicht der Deckenbeleuchtung blendete sie.

Dann kam sie zu dem Regal mit der Babynahrung und blieb davorstehen. Sie las sich die Etiketten auf den kleinen Gläsern durch, dann bewegte sich ihr rechter Arm ins Regalfach und sie warf die beiden vordersten Reihen mit Alete-Gläschen komplett in ihren fast leeren Einkaufswagen. Dann fuhr sie weiter, bis sie in die Süßwarenabteilung kam. Dort warf sie wahllos Schokoladentafeln zu den Gläsern. Die anderen Kunden im Gang schauten sie entgeistert an.

Plötzlich war der seelenlose Zombie verschwunden und Anja Hellwig raste mit dem Einkaufswagen wie eine unbändige Furie durch den Supermarkt und gab raubtierähnliche Laute von sich. Einige Kunden standen wie erstarrt in Anja Hellwigs unmittelbarer Nähe und wohnten ungewollt ihrem Schauspiel bei.

Ein Mann afrikanischer Herkunft mit Dreadlocks lachte und machte Hip-Hop Moves. Die Supermarktangestellten rannten Anja Hellwig hinterher und versuchten, sie aufzuhalten.

Doch Anja Hellwig fegte durch die Gänge wie ein Wirbelsturm und riss alles aus den Regalen, was sie in die Finger bekam. Eine ältere Frau schimpfte und fuchtelte verärgert mit ihrem Gehstock. Anja Hellwig drehte sich zu ihr um und schrie:

»Jambarambaaaaaa, olle Bitch« und lachte eindringlich diabolisch.

»Bitte. Lady. Hören sie doch auf«, schallte es von hinten. Der Marktleiter stellte sich Anja in den Weg und versuchte, sie zum Anhalten zu bewegen, doch Anja raste weiter mit dem Einkaufswagen, so dass der Marktleiter beiseite springen musste und im Obstregal landete, woraufhin die feinsäuberlich aufgestapelten Äpfel, Birnen und Orangen zahlreich von der Ablage auf die Bodenfliesen rollten.

»Jambarambaaaa«, ertönte es erneut.

Anja Hellwig ballte ihre Faust und hielt ihren Arm in die Höhe, als würde sie eine Revolution anzetteln. Es war eine Revolution.

Ihre eigene Rebellion gegen ihren Kummer. Als Anja die Puste ausging und sie ihre Kräfte verließen, rollte sie den vollen Einkaufswagen an eine besetzte Supermarkt-Kasse.

Die Kunden in der Warteschlange machten Anja eingeschüchtert freiwillig Platz. Die Kassiererin schaute sich entgeistert das Chaos an, das Anja Hellwig hinterlassen hatte. Dann blickte sie in den vollen Einkaufswagen und schaute die

Amazone wortlos an. Anja Hellwig griff bis zum Boden des Einkaufswagens und zog zwei Artikel heraus und legte sie auf das Laufband vor sich.

»Ich nehme nur das Toastbrot mit Chia-Samen und die Biobutter, den Rest können Sie bitte wieder zurückräumen.«

Der Kassiererin fiel die Farbe aus dem Gesicht. Es fiel ihr schwer, freundlich zu bleiben, hätte sie Anja doch am liebsten die Toastbrotpackung um die Ohren geschlagen.

»Ja gerne. Haben Sie eine Payback-Karte? Sammeln Sie unsere Treuepunkte? Wollen Sie noch Geld abheben? Brauchen Sie noch eine Tüte dazu?«, ratterte die Kassiererin höflich ihren Fragenkatalog runter.

»Nein. Danke«, sagte Anja Hellwig warf der Kassiererin das Geld passend in die Hand. Nachdem Anja bezahlt, hatte wendete sich nochmal ihren Zuschauern zu und machte einen Knicks.

»Sie können jetzt alle wieder ihren Mund schließen, bevor Sie noch eine Mücke verschlucken.«

Dann setzte sie ihre Sonnenbrille auf und verließ den Supermarkt mit ihrer neugewonnen Superkraft. Sie war zurück. Schneller. Besser. Stärker. Selbstbewusster. Anja Hellwig 2.0.

Auferstanden von den Toten. Anja stolzierte mit dem Toastbrot unter den Arm geklemmt die Hauptstraße entlang und strahlte.

Sie fühlte sich so gut wie schon seit Monaten nicht mehr. Normalerweise wäre sie längst im Erdboden versunken und hätte sich x-mal für ihr Verhalten entschuldigt, doch dieses Mal nicht.

Dieses Mal genoss sie ihren persönlichen Triumph. Sie spazierte auf dem Gehweg entlang, als würde sie über einen roten Teppich einer VIP-Veranstaltung stolzieren, mit hunderten von Fotografen um sich herum.

Sie lief und lief und lief, bis sie am Eingangstor des Friedhofs ankam und davor stehen blieb. Sie schaute sich die zerdrückten Toastbrotscheiben an, die in der Verpackung unter ihrem Arm klemmten und warf die Packung in einen Mülleimer. *Ich hasse Chia-Samen*, dachte Anja.

Dann lief sie durch das Tor über den gepflasterten Weg, bis sie zu einem kleinen Grab kam und stehen blieb. Die Blumensträuße standen verwelkt in den Vasen, die in der Erde steckten.

Anja kniete sich hin und streichelte über den kleinen Bilderrahmen, der in den Grabstein eingefasst war. Sie sah sich mit ihrem Mann Martin und ihrem Baby in der Mitte, dass sie mit ihren ersten beiden Zähnchen anlächelte.

Ihre beste Freundin war Fotografin und hatte das Bild kurz vor dem ersten Geburtstag ihres Babys geschossen, das nochmals in einem Goldrahmen in ihrem Wohnzimmer auf dem Regal über dem Fernseher stand.

Anja Hellwig liefen Tränen über ihre Wangen. Sie zog ihre Jacke aus und setzte sich auf sie drauf, woraufhin ihre Biobutter von ihrer Pobacke plattgedrückt wurde.

»Guck mal, was deine Mama wieder macht« sagte Anja und holte die Butter mit ihrem Po-Abdruck aus der Jackentasche heraus und lachte.

Anja spürte, dass sich ihre Trauer verändert hatte. Sie konnte jetzt um ihr Kind trauern, ohne jedes Mal in völlige Verzweiflung zu geraten.

Sie küsste ihren Zeige- und Mittelfinger und strich über das kleine eingerahmte Bild am Grabstein. Dann verabschiedete sie sich von ihrem Baby und nahm die vertrockneten Blumensträuße aus den Vasen heraus und versprach hoch und heilig, bei ihrem nächsten Besuch neue Blumen mitzubringen. Frische, kräftig strahlende Blumen, die gut rochen – und Elias ein Lächeln auf sein Gesicht zauberten.

Anja schaute durch die Reihe der Kindergräber und ihr wurde schlagartig bewusst, dass sie gar nicht so alleine mit ihrem Kummer über ihr totes Kind war, wie sie bisher immer vermutet hatte. An fast jedem Grabstein war ein Bild zu sehen. Teilweise waren die Eltern mit abgebildet, teilweise nur das verstorbene Kind.

Es war immer schlimm, einen Menschen zu verlieren, doch die Kindergräber auf dem Friedhof lösten bei jedem Besuch mehr Emotionen in ihr aus. Am vorletzten Grab aus der Reihe stand ein Mann der komplett in schwarz gekleidet war und schrecklich wimmerte.

Anja Hellwig blieb etwas abseits von ihm stehen und hielt Distanz. Sie hatte noch nie einen Mann so weinen sehen wie ihn. Ihr Mann Martin hatte auch um ihr Kind getrauert und geweint, doch für den Mann in schwarz schien der Schmerz unerträglich zu sein.

Anja Hellwig näherte sich vorsichtig und las an dem Holzkreuz das Datum, das kaum eine Woche alt war. Der Mann zuckte zusammen und versuchte sich zu beherrschen, als er Anja neben sich bemerkte, doch er konnte seinen Schmerz nicht verbergen. Er war stärker als er.

Anja kam näher und nahm den Mann in den Arm und streichelte ihm behutsam über dessen Rücken. Ihr Mann Martin trauerte anders als sie.

In sich gekehrter. Sie hatte ihn selten weinen sehen, was aber nicht bedeuten musste, dass er nicht genauso litt wie sie nur eben auf seine ganz eigene Weise.

Anja schaute seitlich auf das Grab herab, das mit Engeln und Schleifen und Blumenarrangements geschmückt war.

»Liebe, Sophie. Deine Oma und dein Opa nehmen Abschied von ihrem Engel. Ihrer Sonne, die jeden Tag für sie weiter scheint.«

»Für Sophie, die viel zu früh von uns gegangen ist und unser Leben jeden Tag aufs Neue bereichert hat. Wir werden Dich vermissen und auf ewig lieben. Deine Mama und Dein Papa«

»Die ganze Klasse 4c trauert um einen besonderen Menschen. Zu kurz war Dein Leben. Zu kurz war die Zeit mit Dir. Wir werden Dich niemals vergessen«

Es waren so viele Kränze mit beschrifteten Schleifen auf dem Grab, die Anja gar nicht alle lesen konnte. Dann löste sich der Mann aus Anjas Umarmung und fing sich wieder. Er ging vor dem Grab in die Hocke und fing an, zu erzählen.

»Sophie hatte Leukämie. Sie verlor beim Schulsport auf dem Barren ihr Gleichgewicht und blutete aus der Nase. Im Krankenhaus stellte man dann fest, dass sie Leukämie hat, im Anfangsstadium. Sie kämpfte zwei Jahre um ihr Leben. Nach der Knochenmarksspende schien es bergauf zu gehen und die Ärzte rechneten ihr hohe Heilungschancen aus, dann bekam sie letzten Herbst einen Rückfall und letzte Woche verlor sie dann den Kampf gegen den Blutkrebs.

Sie war so jung. Nach den Sommerferien wäre sie aufs Gymnasium gekommen. Sie war so aufgeregt und redete von nichts anderem mehr.

Wir hatten einen Privatlehrer, der sie im Krankenhaus unterrichtete, damit sie den Anschluss nicht verpasste, doch der Krebs ließ nicht mit sich verhandeln und ging als Sieger aus dem Zweikampf hervor.«

Anja wollte auf der Stelle mitweinen, doch sie konnte sich zurückhalten und hörte dem Mann einfach nur zu und versuchte, ihm etwas Trost zu spenden. Sie merkte, dass es egal war, wie man sein Kind verlor.

Der Schmerz schien immer derselbe zu sein. Das fahle Gefühl der Leere in der Brust.

Anja hatte jetzt erst registriert, dass sie und Martin nicht die einzigen Eltern waren, die an diesem Tag ihr Kind verloren hatten, doch sie war so in ihrem Schmerz gefangen, dass sie gar nichts anderes mehr wahrnehmen konnte als sich selbst. Eine Mutter hatte sogar versucht Kontakt mit ihnen aufzunehmen; sie hatte ihr Baby ebenfalls bei dem schrecklichen Ereignis verloren, doch Anja hatte nie auf ihre Anrufe reagiert.

Jetzt war es anders. Jetzt war sie bereit, ihren Schmerz zu teilen und darüber zu sprechen. Sie fing an, dem trauernden Vater von Elias zu erzählen. Von seinem Strahlen, wenn sie morgens in sein Zimmer kam und er schon putzmunter in seinem Kinderbettchen lag und wartete, bis sie ihn auf den Arm nahm. Anja stieg wieder ein Kloß in den Hals, doch sie ließ sich nicht aufhalten. Sie schluckte mehrmals kräftig holte tief Luft und erzählte weiter.

Der Mann wurde ruhiger und gefasster. Sie setzten sich auf die Parkbank, die einige Meter weiter stand, und Anja erzählte dem Mann von Elias' ersten Worten und seinen ersten Gehversuchen. Wie er gerne beim Essen sämtliche Gegenstände vom Tisch herunterwarf und dabei lachte.

Elias mochte keine fertigen Babybreis aus dem Supermarkt und so musste Anja immer frischen Brei aus Gemüse und Obst zubereiten, damit Elias überhaupt etwas aß.

Der Mann lächelte, weil er das noch aus der Babyphase seiner Tochter Sophie her kannte. Ihre Blockaden lösten sich auf und aus dem anfänglichen Trauergespräch wurde eine Unterhaltung zum Gedenken ihrer Kinder und sie tauschten ihre glücklichen Momente mit ihrem Kind aus.

Anja überlegte, ob es mehr weh tat, Abschied zu nehmen, wenn man mit dem verstorbenen Menschen mehr Zeit verbracht hatte, oder ob es keine Rolle spielte oder ob es schlimmer war, dass man eben nicht genug Zeit hatte mit demjenigen und der Zorn darüber die Trauer verstärkte.

Anja war einfach dankbar für die Begegnung mit Sophies Vater, weil ihr bewusst wurde, dass die Zeit gekommen war, sich nicht länger hinter ihrem toten Kind zu verstecken und nach vorne zu blicken. Ihre Gedanken hinterließen einen schalen Nachgeschmack, doch sie wusste insgeheim, dass sie loslassen musste, damit sie weiter existieren konnte. Anja wollte Sophies Vater noch so viel sagen und ihm mit auf den Weg geben, doch sie entschied sich dagegen, weil sie wusste, dass in der Trauerphase nichts zu einem durchdrang, sei es noch so hilfreich.

Man begriff es vielleicht später, wie viel Wahrheit hinter den gut gemeinten Ratschlägen anderer steckte, doch in dem Moment der völligen Leere gab es nur sehr wenig Raum für Außenstehende, denn letztendlich nahm die Hilflosigkeit alles in Anspruch, was der Mensch an seelischen Kapazitäten im Stande war zu geben.

<u>12</u>

Inka stand im Wohnzimmer vor der Kommode und betrachtete sich die eingerahmten Bilder von ihrem Mann und ihrem Sohn. Insgeheim wartete sie auf ein Zeichen, das ihr signalisierte, dass es richtig war, nach vorne zu schauen und eine neue Liebe zuzulassen. Sie hatte immer das Gefühl, ihren verstorbenen Mann zu verraten, wenn sie sich auf jemand Neues einlassen würde.

Solange ihr Sohn noch lebte, war es für sie auch in Ordnung, doch jetzt fühlte sie sich einsam. Sie saß die meiste Zeit zu Hause alleine und wusste nichts mit sich anzufangen.

Sie konnte mit keinem reden, der nur ansatzweise ihre verlorenen Männer ersetzen konnte. Hans-Peter hatte es geschafft, dass sie sich wieder lebendiger und geborgen fühlte, wenn sie in seiner Nähe war. Sie hatte den Gedanken an einen neuen Lebenspartner schon fast begraben, bis er in ihr Leben getreten war.

Vielleicht schweißte sie ihr ähnliches Schicksal zusammen. Vielleicht benutzten sie sich gegenseitig als Trostpflaster, um den Verlust ihrer Lieben besser zu verarbeiten, aber so fühlte es sich nicht für sie an und das Gefühl hatte ihr Hans-Peter auch nicht vermittelt.

Das Telefon klingelte. Inka verließ das Wohnzimmer und lief in den schmalen Hausgang, um den Hörer abzunehmen. Hans-Peter war am anderen Ende der Leitung und wollte sie zu einem Spaziergang überreden.

Inka entschuldigte sich kurz lief in das Wohnzimmer zurück und schaute sich nochmal die Bilderrahmen an. Sie glaubte für einen kurzen Moment ein Augenzwinkern auf dem Bild ihres verstorbenen Mannes gesehen zu haben, hielt es aber für unwahrscheinlich und lief zum Telefonhörer zurück, nahm die Einladung von Hans-Peter an und verabredet sich mit ihm für den Nachmittag am Rheinufer.

Hans-Peter wollte sie bei ihr daheim abholen, doch Inka war noch nicht bereit, jemanden in ihr Refugium zu lassen. Sie brauchte Zeit.

Sehr viel Zeit. Sie machte sich ihre Haare zurecht und legte ihr Lieblingsparfum auf und machte sich kurz nach halb vier am Nachmittag auf den Weg um Hans-Peter beim verabredeten Treffpunkt zu treffen. Inka war etwas zu früh gewesen. Sie stellte sich ans Geländer, auf dem haufenweise Möwen saßen, die sich ihr Hinterteil graziös vom Wind hin und her bewegen ließen.

Inka mochte die Spaziergänge am Rhein. Sie liebte es, sich den frischen Wind um die Nase wehen zu lassen und die Transportschiffe zu beobachten, die an ihr vorbeifuhren.

Früher hatte sie mit ihrem Mann und ihrem Sohn altes Brot mitgebracht und die Möwen gefüttert, die sich gierig gegenseitig die Brotkrümel wegschnappten. Inkas Blick wanderte über das Wasser bis zum Ufer, an dem Kinder mit Steinen spielten, die sie ins Wasser warfen.

Dann entdeckte sie Hans-Peter, der aus dem Park gelaufen kam. Inka wurde nervös und bekam schweißige Hände. Ihr verstorbener Mann war ihr erster und einziger Mann gewesen und seit ihrer Jugend war sie in der Nähe eines Mannes nie wieder so aufgeregt gewesen wie jetzt.

Inka fuhr sich nochmal durch ihr hellgraues Haar und frischte mit dem Lippenstift die Rötung ihrer Lippen auf. Dann näherte sich ihr Hans-Peter, freudestrahlend und begrüßte sie mit einem Kuss auf die rechte und die linke Wange.

Da war er nun und sie fühlte sich wieder wie mit siebzehn, als sie damals von ihrem Mann zum ersten Mal zu einer Tanzveranstaltung im Gemeindehaus abgeholt wurde.

Hans-Peter hatte den gleichen Haarschnitt. Den gleichen Schnauzer wie ihr Mann. Er war nur um einige Kilos schwerer und hatte ein breiteres Kreuz. Ihr Mann konnte essen, was er wollte, und er hielt immer sein Gewicht, das er mit siebzehn schon hatte. Hans-Peters Bauch fühlte sich weich an. Inka mochte es, ihren Kopf auf Hans-Peters Bauchkugel abzulegen.

Er war zwei Köpfe größer als sie und das machte ihn zu ihrem Beschützer. Inka bekam weiche Knie, doch sie wollte Hans-Peter nicht zu viel Bestätigung liefern, sondern ihm nur häppchenweise ihre Gefühle preisgeben.

Die aufgescheuchten Möwen kreisten um sie herum und flogen kreuz und quer über die großen Steine hinweg, die am Ufer lagen und bei denen die Kinder spielten.

13

Dr. Ashanti wartete an diesem Morgen geduldig, bis seine Schäfchen alle eingetroffen waren und dann stellte er seine berühmt-berüchtigte Frage, wie die Woche für alle verlaufen sei.

Huber und Inka wirkten etwas abgelenkt und hatten noch gar nicht richtig registriert, dass die Sitzung bereits angefangen hatte.

Kramer und Steevenson saßen wie zwei Sängerknaben brav auf ihren Stühlen und hörten ihrem Therapeuten zu. Auch Anja Hellwig war heute wieder mit an Bord, nach dem sie nach der Entlassung aus dem Krankenhaus zwei Sitzungen ausgesetzt hatte, um wieder einigermaßen Boden unter den Füßen zu fassen.

Dr. Ashanti wollte sie eigentlich bei ihrer Krankenkasse gleich für eine psychosomatische Reha anmelden, doch Anja sprach sich dagegen aus. Sie bat Ashanti lediglich, ihre Medikamentendosis zu erhöhen, was er, wenn auch sehr widerwillig, tat. Eins seiner Ziele während der Gruppentherapie war auch gewesen, dass alle langsam aber sicher lernten, ohne ihre Antidepressiva klar zu kommen. Steevenson war der Einzige, der eher seinen täglichen Konsum an Gras irgendwelchen Medikamenten vorzog und frisch aufgebrühten Matcha-Tee mit Ingwer und Zitrone als Allheilmittel verzehrte.

Es konnte also gut sein, dass man bei ihm im Küchenregal auch mal die falsche Tee Dose erwischen konnte und sich anstatt Grünem Tee aufzubrühen ein kleines Grassüppchen zubereitete.

Man sah Jonathan Steevenson gar nicht an, dass er sich ab und an eine Tüte genehmigte, wirkte er doch eher wie ein nerdiger Weltverbesserer in Cordhose und Seemannspulli und ausgelatschten schwarzen Chuck Sneakers.

Hätte er gewusst, dass sein Weltbild nur auf wackeligen Stelzen stand, hätte er sich gleich für mehrere Jahre mit Gras versorgt oder es gleich selbst auf seinem Balkon in der kleinen Zweizimmerwohnung angebaut.

Dr. Ashanti machte heute eine offene Runde, das bedeutete so viel wie er ließ heute seine Patienten entscheiden, wie die Sitzung verlief.

Jeder durfte sich aussuchen, worüber er sprechen wollte. Inka juckte es auf der Zunge, von Anja Hellwig ihre Theorie bestätigt zu bekommen, dass sie Martin hatte sitzen lassen.

Sie saß hibbelig auf ihrem Stuhl und wartete den Startschuss ab, den Dr. Ashanti im Begriff war abzufeuern. Huber hatte Inka beobachtet und wusste, dass ihre Neugierde gleich ein emotionales Chaos anrichten würde und warf ihr ein verneinendes Kopfschütteln zu.

So ein »Lass es lieber sein« Kopfschütteln, das sie dann auch beherzigte und ihre wissbegierige Zunge in Zaum hielt.

»Ich würde gerne anfangen, Dr. Ashanti« sagte Anja Hellwig und rutschte mit ihrem Gesäß etwas auf dem unbequemen Stuhl nach vorne.

»Gut, Anja, dann dürfen Sie heute den Anfang machen. Es gibt keine Regeln. Kein Richtig oder Falsch. Machen Sie Ihrer Seele einfach Luft. Bitte, Sie dürfen.«

Alle Augen waren auf sie gerichtet.

»Ui.«

Sie machte eine Pause, dann fuhr sie fort.

»Es ist komisch, so ohne Vorlage erzählen zu müssen, aber ich versuch es einfach.«

Anja Hellwig faltete ihre Hände zusammen und hielt sie sich vor den Mund. Dann löste sie wieder ihre Hände und fuhr sich mit den Handflächen über ihre Schenkel.

»Ihr habt euch sicher schon über mein Fehlen hier bei den Sitzungen gewundert. Uff ist das schwer. Wie sagt man das am besten, ohne nicht gleich als verrückt abgestempelt zu werden?«

Sie drehte ihre Augen hoch zu ihrer linken Gehirnhälfte und suchte nach den richtigen Worten.

»Also. Ich wäre beinahe gar nicht mehr gekommen. Mein Mann Martin, ihr habt ihn mal hier kennengelernt, hat mich vor einem Monat aus heiterem Himmel verlassen. Dann kam alles zusammen und ich bin seelisch und körperlich zusammengebrochen. Plötzlich habe ich keinen Sinn mehr in meinem Leben gesehen und war drauf und dran meinem Leben ein Ende zu setzten.«

Anja Hellwig faltete ihre Hände schalenförmig zusammen und rieb sie abwechselnd aneinander. Ihre Stimmung wurde melancholischer. Ihre Stimmbänder zitterten leicht.

»Ich, ich stand schon vor dem Gleis und es gab nur noch den heranrauschenden Zug und diese Leere in mir. Ich war wie gelähmt und hätte nur noch all meine Kraft in diesen einen letzten Schritt investieren können.

Das Licht der Scheinwerfer des Zuges blendeten mich und dann...«

Anja machte wieder eine Pause.

»Und dann?« fragte Inka mitfühlend, die froh war, zuvor ihren Mund gehalten zu haben.

»Und dann kam mein Schutzengel aus dem Nichts und hat mir eine zweite Chance geschenkt.«

»Wer war dein Retter?« fragte Huber behutsam nach.

»Ihr werdet es mir vermutlich nicht glauben. Ich selbst kann es noch gar nicht richtig begreifen. Es war ein so unbeschreiblicher Zufall gewesen, dass man den gar nicht irgendwo zuordnen kann. Ich bin überzeugte Atheistin, seit ich nach dem Tod meines Kindes den Glauben verloren habe, aber es muss eine göttliche Fügung gewesen sein. Oder etwas, dass durch eine höhere Macht gelenkt wurde. Mein Schutzengel war ein Gleisarbeiter von der Deutschen Bahn, der tagsüber bei der Überprüfung und Sanierung des Bahngleises, bei dem ich stand, seinen Schutzhelm vergessen hatte und nach dem er auf der Suche war, als er mich entdeckt hatte. Intuitiv hatte er Gefahr gewittert und sofort ohne lange zu Zögern reagiert. In meiner Trance der Todessehnsucht hatte ich ihn gar nicht kommen hören. Ich sah nur mein Baby vor mir, das in einem hellen Licht erstrahlte und mich mit seinen kleinen Zähnchen anlächelte. Dann zog mich mein Retter vom Gleis weg und ich bin erst wieder im Krankenhaus aufgewacht.«

Die anderen bekamen von Anjas Schilderung eine Gänsehaut. Dr. Ashanti ebenso, obwohl er von ihrem Selbstmordversuch wusste und bei ihr in der Notaufnahme gewesen war. Anja Hellwigs Offenherzigkeit war kaum zu übertreffen. Die anderen waren so emotional von ihrem Geständnis ergriffen, dass es ihnen schwerfiel, sich auf sich zu fokussieren und ein Thema anzusprechen, das ihnen m Herzen lag.

»Und wie fühlst du dich jetzt, Anja?«, fragte Kramer, der eine ähnliche Verzweiflung nach dem Tod seiner Lina verspürt hatte.

»Besser. Mir geht es den Umständen entsprechend gut. Ich bin wieder stabil. Zumindest kann ich wieder einigermaßen durchatmen, ohne den Wunsch zu verspüren, sterben zu wollen!«

Dr. Ashanti streckte ihr seine beiden gedrückten Daumen entgegen, die in seinen geballten Fäusten versanken und dankte ihr für ihre offenen Worte.

»Und wie geht es jetzt weiter? Mit dir und Martin meine ich?«, warf Inka in die Runde, als Dr. Ashanti gerade den Nächsten ansprechen wollte, der weiter machen sollte.

Anja wusste keine Antwort auf Inkas Frage und schwieg sich aus und schaute bestürzt zu Boden. Dr. Ashanti merkte, dass er heute nicht weit kam und dass Anja Hellwig wohl das heutige Hauptthema sein würde.

Er lehnte sich in seinem Stuhl zurück und überließ die Gruppe zur Abwechslung mal sich selbst. Als die neunzig Minuten fast vorüber waren meldete sich Hans-Peter Huber zu Wort und lud alle zu einem Grillabend zu sich nach Hause ein.

»Ich glaube nach der heutigen Sitzung können wir etwas Aufmunterung gut gebrauchen, oder nicht? Ich würde mich freuen, wenn wir bei mir im Garten grillen würden.

Also wenn ihr Lust habt und das Wetter mitspielt, dann seid ihr alle für kommenden Samstag herzlich eingeladen. Für Essen und Getränke sorge ich und eventuell spiele ich euch auch etwas auf meiner Gitarre vor. Vielleicht.

Ich bin etwas eingerostet und die Gitarrensaiten wurden schon lange nicht mehr gespielt« sagte Huber. Die anderen freuten sich über Hubers Einladung und folgten seiner Einladung ohne Wenn und Aber.

»Sie sind natürlich auch eingeladen, Dr. Ashanti!«

»Danke, Hans-Peter. Ich komme sehr gerne. Das ist eine fabelhafte Idee. Und ich verspreche Ihnen auch, dass ich keine Spielkarten mitbringen werde.«

Die Runde lachte. Selbst Anja Hellwig freute sich über die Abwechslung und sagte fest zu und bot an, einen Salat mitzubringen.

Inka Bartel sagte zu, einen Bananenkuchen zu backen. Kramer und Steevenson sorgten für Bier und Wein. Dr. Ashanti beendete die heutige Gruppensitzung mit besonderer Zufriedenheit über die Entwicklung seiner Trauma-Gruppe.

»So geht hin und achtet auf euch und achtet auf die Menschen, die euch begegnen. Nehmt sowohl das Positive als auch das Negative in euch auf und versteckt euch nicht davor. Ich wünsche Ihnen eine schöne Restwoche und wir sehen uns dann am Samstag bei Herrn Huber. Ich freue mich. Danke.«

<u>14</u>

Hans-Peter Huber stand heute Morgen besonders früh auf, um sich in die Vorbereitungen für
seinen Grillabend zu stürzen. Noch bevor er anfing zu frühstücken, stand er bereits auf seiner
klapprigen Holzleiter und überprüfte jede einzel-
ne Birne seiner bunten Lichterkette, die über die
Veranda gespannt war, ob sie alle noch einwand-
frei funktionierten.

Am Mittag brachte ihm seine Tochter Salate
und frische Spare Rips und Steaks vom Metzger
vorbei. Sie stellte die Sachen in der Küche ab und
ging zu ihrem Vater auf die Veranda raus, der
immer noch mit der Lichterkette beschäftigt war.

In seiner Aufregung überhörte er sein Magen-
knurren. Er stand auf der Leiter und summte vor
sich her. Hans-Peters Tochter stand eine Weile im
Türrahmen und beobachtete ihren Vater, bis er sie
bemerkte und sie freudestrahlend begrüßte.

»Hallo, Schatz. Kannst du mir bitte mal eine
Glühbirne reichen, die auf dem Tisch liegt, danke. Die hier macht es nicht mehr.«

Dabei drehte er eine rote Birne aus der Fassung und reichte sie seiner Tochter.

»Dir geht es gut wie ich sehe. Wann kommen denn deine neuen Freunde?«, fragte seine Tochter und reichte ihm eine neue Glühbirne aus der Schachtel.

Hans-Peter schaute auf seine Armbanduhr.

»Um siebzehn Uhr dreißig. Ich muss mich sputen. Ich will den Rost noch sauber machen, den Tisch decken und Rasen müsst ich auch noch mähen.«

Seine Tochter grinste, erkannte sie ihren Vater doch nicht wieder. Er stand vor ihr wie ausgewechselt. Frisch. Motiviert und voller Lebensfreude.

»Ich habe noch Zeit. Sandra ist noch beim Pilates. Wenn du magst helfe ich dir noch, Paps.«

Hans-Peters Tochter wollte noch von seiner guten Laune kosten und ihn glücklich erleben.

Sie krempelte die Ärmel ihrer Bluse hoch und fing an, den Tisch von den ganzen Lichterkettenutensilien zu befreien.

Als wirklich jede Glühbirne der Lichterkette so brannte, wie sie sollte, stieg Hans-Peter von der Leiter herunter und machte sich daran, den Grill zu schrubben.

»Weißt du noch, als wir deinen achtzehnten Geburtstag hier gefeiert haben, Schatz? Der ganze Garten war voller Leute.

Wir haben alles gegrillt, was in der Kühltruhe war, weil die Jungs aus deiner Stufe die ganzen Steaks aufgefuttert hatten. So schnell konnte ich gar nicht grillen, wie die die Steaks verschlungen haben.«

Hans-Peters Tochter lachte.

»Oh ja, Friedel, Bertram, Thomas und Johannes waren rank und schlank, konnten aber essen wie für drei. Die sind übrigens alle mittlerweile Vater geworden. Hast du das gewusst? Bertram hat sogar drei Kinder. Und alle haben einen Bauch bekommen. Wir werden halt alle nicht jünger, stimmt´s, Paps?«

»Mein Bauch ist von Mutter Natur so gewollt, Schatz. Selbst als deine Mutter ihre vegetarische Phase hatte und dachte, unsere komplette Ernährung umstellen zu müssen, ist mein Bauch nicht weggegangen, obwohl es nur noch kalorienarmes Essen gab. Was sein soll, soll sein! Man soll sich nicht gegen die Kräfte der Natur stellen.«

Beide brachen in Gelächter aus und Hans-Peter verschluckte dabei seine Spucke. Seine Tochter schenkte ihm ein Glas Wasser ein, das er gleich austrank. Nachdem sie mit den Vorbereitungen für das Grillfest fertig waren, verabschiedete sich Hans-Peters Tochter und ließ ihren Vater wieder alleine, der mittlerweile in seine CD-Sammlung im Wohnzimmer vertieft war und herumwühlte und passende Musik für den Abend heraussuchte. Hans-Peter war aufgeregt, als würde er zum ersten Mal eine Party schmeißen und Gäste empfangen.

Der Partyking aus der Wohnsiedlung war plötzlich zum schüchternen Bücherwurm mutiert, der sich zum ersten Mal traute, Freunde zu sich nach Hause einzuladen.

Es roch nach verbrannter Kohle und verbrannten Tannenzweigen, als es Punkt halb sechs an der Haustür läutete. Der kuhglockenähnliche Ton der Türklingel schallte durch das Erdgeschoss und war kaum zu überhören.

Huber hörte auf mit staubsaugen, zog das Staubsaugerkabel aus der Steckdose und rannte mit dem Staubsauger wie ein aufgescheuchtes Huhn durch das Wohnzimmer und stellte ihn in das kleine Kämmerchen neben der Garderobe.

Als er die Tür öffnete standen alle seine Freunde aus der Trauma-Gruppe vor ihm.

Kramer, Steevenson und Dr. Ashanti hatten jeder eine Flasche Rotwein mitgebracht, während

Inka und Anja sich um Grünzeug bemühten und ihm in Folie und mit Schlaufen eingepackte Blumenstöcke mitbrachten. Huber strahlte, als er die ganze Meute vor sich hatte und bat sie, einzutreten.

»Der Grill wartet schon auf euch«, sagte Huber, während er seitlich an seiner Eingangstür stand und seinen Gästen den Weg zur Veranda zeigte.

»Ihr könnt hier eure Sachen ablegen und dann einfach gerade aus durchs Wohnzimmer immer dem Geruch nach.«

Kramer und Steevenson ließen sich nicht zweimal bitten und eilten auf die Veranda und suchten sich am gedeckten Tisch auf der Veranda ein schattiges Plätzchen. Dr. Ashanti, Inka und Anja blieben mit Huber noch einen Moment in der Diele stehen, bevor sie sich zu den anderen auf die Veranda gesellten.

»Getränke sind in der Küche kaltgestellt. Ich habe Wein, Bier, Wasser, Saft, Cola, alles was das Herz begehrt. Fühlt euch wie zuhause.«

»Ein Glas eisgekühlter Prosecco wäre für den Anfang nicht schlecht«, sagte Kramer, der sich bereits wie zuhause fühlte und längst im Stuhl hing, die Beine ausgestreckt, wie auf einer Strandliege im Urlaub.

»Ja, so ein eiskalter Prosecco bei dem Wetter und ein Schuss Holundersirup mit viel Eiswürfel, das wäre jetzt geil«, warf Steevenson hinterher. Huber schaute die beiden verwundert an.

»Ihr zwei seid wohl doch wärmer als gedacht, wie?«

»Ah was aber, Prosecco ist cool. Prosecco lits!« antwortete Steevenson.

»Aja?« fragte Huber und schmunzelte in sich hinein. »Was issen bitte lits?«

»Cool, Hubi« antworte Steevenson lässig.

»Ich würde auch ein Glas nehmen« meldete sich Anja zu Wort. Inka sagte ebenfalls nicht nein.

»Oh, man merkt, dass ich lange keine Gäste mehr hatte. Ich bin wohl nicht mehr so ganz up to date.«
Huber lachte.

»Moment, ich schau nach, vielleicht hat meine Tochter vorhin was in den Kühlschrank geräumt, die trinkt eher so was als ich.«

Und tatsächlich Hubers Tochter hatte an alles gedacht. Er holte die gekühlte Prosecco Frizzante-Flasche mit dem orangenen Etikett aus dem Kühlschrank und schenkte jedem ein Glas ein.

»Was wolltet ihr noch dazu? Was war das für ein Sirup?«

»Holunder, Hans-Peter. Holunder und eigentlich gehört noch Minze dazu« antwortete ihm Anja, die neben ihm am Küchentresen stand und ihm die Gläser unter die Flasche hielt.

»Und das schmeckt? Was soll das sein?«, fragte er ahnungslos.

»Das ist ein Huuugooo, du Hans« schrie Steevenson von der Veranda aus.

»Hm, nie gehört.«

»Aperól ginge auch. Hast du welchen da?«, fragte Anja, die im Kühl Fach nach Eiswürfeln suchte.

»Was ist das schon wieder?«, fragte Huber überfordert. Er stellte die Prosecco-Flasche beiseite und lief ins Wohnzimmer an die Wohnwand und öffnete eine Klappe, hinter der seine bereits eingestaubten Spirituosen waren. Er tastete sich durch die einzelnen Flaschen und las die Etiketten.

»Also, Leute ich habe Martini, Campari, Eierlikör, Cointreau, Lakka, Sambuca, Kaiser-Kümmel und Grand Marnier im Angebot.

Geht davon auch was oder muss ich jetzt noch schnell zum Getränkemarkt rennen damit ihr eure neuen Szenegetränke bekommt?«

»Campari geht auch. Ist ja so ähnlich« sagte Anja, die die vollen Prosecco-Gläser auf ein Tablett stellte und auf die Veranda brachte, wo Inka

Bartel gerade dabei war, die Salate von der Alufolie zu befreien. Huber kam mit der Campari-Flasche hinterher und verpasste jedem Prosecco-Glas einen Schuss von dem Bitterlikör, woraufhin sich der Prosecco rot färbte und aufsprudelte.

»So, wenn ihr jetzt alle mit Getränken versorgt seid, dann würde ich sagen, fange ich mal an, das Fleisch auf den Grill zu schmeißen, damit ihr mir nicht verhungert, oder?« sagte Huber, der Steevenson und Kramer dabei anschaute, die sich schon über das Baguette hergemacht hatten.

Inka tat die Salatbestecke in die Salatschüsseln und mengte jeden Salat nochmal durch und probierte, ob noch Salz oder Essig fehlte.

Anja verteilte die Prosecco-Gläser und holte eine zweite Fuhr Getränke aus der Küche und stellte sie am Tischende ab.

Dr. Ashanti lächelte innerlich und genoss die Gesellschaft mit seiner Truppe. Normal versuchte er eine gewisse Distanz zu seinen Patienten zu halten, doch er fühlte sich in ihrer Nähe wohler, als er sich selbst eingestehen wollte. Er stand auf und erhob sein Glas mit dem rot gefärbten Prosecco.

»Lasst uns mal kurz anstoßen, liebe Freunde. Erst mal Danke Hans-Peter, dass Sie uns alle für heute eingeladen haben.«

Huber stand in seiner Grillschürze am Grill und fuchtelte mit seiner Grillzange herum und wendete die Spare Rips und die Bratwürste die er zuvor auf den Grillrost geworfen hatten.

»Ich finde es schön, dass wir heute alle beisammensitzen können. Nach den harten Monaten hat sich jeder von Ihnen verdient, auch mal wieder glücklich zu sein und lachen zu dürfen.«

»Jawohl, Dr. Ashanti«, schrie Steevenson und erhob ebenfalls wie die anderen sein Glas.

»Ich wollte Ihnen eigentlich nur sagen, dass es okay ist, Spaß zu haben und wir deswegen niemanden vergessen, nur weil wir mal an uns denken. Also Huber, Danke nochmal, dass wir hier sein dürfen, und jetzt wünsch ich uns einen schönen Abend.«

Anja, Inka und Kramer klatschten Dr. Ashanti Beifall und stießen mit ihm auf seine Rede an. Steevenson hatte längst sein Glas ausgetrunken und sich eine Bierflasche geöffnet.

Das Fett, das aus den Poren des Fleisches auf die brennende Grillkohle tropfte, verursachte zischende Laute.

Der Duft des gegrillten Fleischs ließ den anderen das Wasser im Mund zusammenlaufen. Kaum hatte Huber das fertig gegrillte Fleisch auf den Tisch gestellt, langten Kramer und Steevenson sofort zu und legten sich etwas auf ihre mit Baguette vollgebröselten Teller. Inka stand auf und verteilte mütterlich die Salate auf jedem Teller.

»Und jetzt einen Kräuterschnaps zur Verdauung«, sagte Huber und verschwand kurz im Keller, als sie mit dem Essen fertig waren. Er kam mit einer Flasche Jägermeister, einem Gitarrenkoffer und einem Miniverstärker zurück auf die Veranda.

»Darf ich vorstellen? Das ist mein Schätzchen Gloria. Etwas eingerostet und die Saiten gehören neu bespannt, aber ansonsten klingt Gloria noch ganz gut für ihr Alter.«

Huber legte den Koffer auf den Pflasterboden und hob eine alte Gibson Les Paul aus dem roten Samtbezug, der auf der Innenseite des Koffers eingearbeitet war.

Gloria sah wirklich ziemlich ramponiert aus, doch das verlieh ihr einen gewissen Charme. Huber steckte ein Kabel in die Gitarre und das andere Ende in den Verstärker und schaltete ihn an. Der Verstärker knackte.

Er ließ seine Finger einige Male über die Gitarrensaiten gleiten und versuchte, die Gitarre etwas zu stimmen. Huber nahm eine gerade Sitzposition ein und legte dann mit einem Vorspiel los, wie ein richtiger Profi eben.

Dü dü düdü dü. Sein Vorspiel wurde rockiger und schneller und dann stimmte er Eric Claptons

Song »Layla« an. Huber musste noch warm werden, doch es klang für die lange Auszeit nicht übel. Dr. Ashanti stand neben Huber und wippte mit seinem Fuß und schlug sich mit der Hand im Takt auf seinen Oberschenkel. Kramer schenkte zwischenzeitlich jedem mehrere Obstler ein.

Dann ertönte in Hubers Gitarrenspiel seine dunkle rauchige Singstimmte.

»What will you do when you get lonely?
No one waiting by your side
You've been running, hiding much too long
You know it's just your foolish pride«

Inka war vollends begeistert und klatschte zu seinem Gesang. Dann bewegten sich ihre Hüften und ihre Schultern zur Melodie.

Anja Hellwig stand auf und tanzte. Sie schüttelte ihre braunen schulterlangen Haare hin und her und klatschte in ihre Hände.

Kramer, vom vielen Bier und Obstler angeheitert, wippte mit seinem Kopf vor und zurück und versuchte, die Schnapsgläser der anderen mit dem Obstschnaps zu treffen, den er mehr daneben schüttete, als dass er in den Schnapsgläsern landete. Steevenson schlug zuerst mit seinen Händen auf die Tischkante, dann schnappte er sich einen Eimer, drehte ihn um und schlug auf dessen Boden, um Huber Percussion mäßig zu begleiten.

»I tried to give you consolation
When your old man let you down
Like a fool I fell in love with you
You turned my whole world upside down«

Nach Eric Claptons »Layla« spielte Huber noch Songs von Supertramp, Europe, Spandau Ballet und Elton John. Sie vergaßen die Zeit um sich herum und genossen Hubers musikalischen Ausflug durch die nostalgischen 80er.

Als Huber Europes »Carrie« spielte, stand auch Inka Bartel auf und sang die Refrainpassagen mit. Erst leise, dann mit all ihrer Stimmgewalt.

»Carrie, Carrie, things they change my friend
Carrie, Carrie, maybe we'll meet again«

Dann spielte Huber den letzten Akkord auf Gloria, der im Verstärker heftig nachklang. Alle klatschten ihm Beifall und Inka fiel ihm, emotional berührt, um den Hals und gab Hans-Peter einen dicken Kuss auf seine rechte bärtige Wange, deren stoppeligen Barthaare ihre Lippen kitzelten. Dr. Ashanti schaukelte noch weiter, obwohl die Musik längst aufgehört hatte, zu spielen.

Er hatte die Augen zu und spürte nach.

»Carriiiiie, Caaarrriiiie«, platze es lautstark aus seinem Mund. Dann merkte er, dass er gar keinen Backgroundsound mehr hatte und machte peinlich berührt seine Augen wieder auf. Er grinste verlegen und hob sein bereits sechstes Schnapsglas mit Obstler hoch.

»Prost!« Dann verschwand der Schnaps mit einem Happs in seinem Mund.

»Was kommt jetzt, Hans-Peter? Hast du zufällig eine Feuerstelle hier im Garten?« fragte Anja die wie ein aufgescheuchtes Huhn herumzappelte.

»Ähm nein, Liebes, aber ich habe einen Haufen voll abgeschnittener Äste und Gestrüpp. Die könnten wir auf den Grill schmeißen und ein Feuer machen. Ich komme im Moment einfach nicht dazu, das ganze Grünzeug zur Müllverbrennung zu fahren. Und bevor sich mein kleiner blinder Freund unter der Erde noch da drin ein

Nest baut und sich vermehrt, lasst uns das jetzt einfach machen.«

»Oh ja. Ja ja ja« schrie Anja Hellwig und befürwortete Hubers Vorschlag.

»Passiert da auch nichts, Hans-Peter?«, fragte Inka besorgt.

»Ach was. Was soll denn da passieren, Inka? Das wird lustig!«

»Wie früher im Zeltlager, nur ohne Stockbrot«, antwortete Kramer und sprang freudig von der Holzbank auf.

Er, Steevenson und Huber liefen von der Veranda zum Gestrüpp Haufen am Grundstücksende und schleiften einige Äste davon über den löchrigen Rasen und legten sie neben dem Grill ab.

Es war bereits dunkel geworden und die Halbmondsichel strahlte durch die Wolken, die sich an ihr vorbeimogelten. Huber nahm den Rost vom Grill und legte ein paar Kohlebriketts hinein und zwei, drei Anzünder dazu.

Als das Feuer anfing, sich zu entzünden, legte er gleich einen größeren Ast darauf, dessen trockene Blätter, die noch vereinzelt an den Ästen hingen, schnell in sich zusammenschrumpelten und kleine Aschefunken in die Höhe warfen.

»Hmmm, ich liebe dieses Knistern, wenn sich das Holz durch die Wärme ausdehnt und dann verbrennt«, sagte Inka, die vor dem Grill saß und sich in eine Decke kuschelte.

Anja Hellwig saß neben ihr und ließ sich von den hohen Flammen betören, die sich vor ihr erstreckten. Sie alle kannten die Art Flammen nur zu gut und es war für jeden von ihnen eine unglaubliche Herausforderung, vor ihnen zu sitzen und sie auf sich wirken zu lassen, ohne dabei unruhig zu werden. Doch das taten die Flammen.

Sie wärmten sie und wirkten eher beruhigend, als dass sie sie verstörte. Das Feuer, die Flammen hatten eine magische Wirkung auf sie.

Je größer der Gestrüpp Haufen war und je höher sich das Feuer aufbürstetet desto intensiver wurden sie in dessen Bann gezogen.

Jeder von ihnen hatte seit dem Tod ihrer Liebsten Probleme, einfach mal abzuschalten und sich treiben zu lassen. Das Lagerfeuer hatte es geschafft, dass einer nach dem anderen alles um sich herum vergessen konnte.

Es gab nur das Feuergewand mit seiner elementaren Kraft und sie. Dann stimmte Dr. Ashanti ein Lied aus seiner Heimat an.

Seine Stimme war nicht wie die von Adele, aber Ashantis Gesang war stimmungsvoll und kam zur rechten Zeit. Es klang zuerst wie ein schamanischer Heulgesang, bis seine Stimme die richtige Tonlage erwischte und er summte das

Lied auch mehr als dass er es sang, weil ihm die Liedstrophen nicht mehr so im Gedächtnis waren, doch es klang sehr meditativ. Kramer warf fleißig weiter Äste auf den Grill und hielt das Feuer in Schach. Das Lied war Balsam für die Seele.

Jeder schloss seine Augen und ging tief in sich. Als Dr. Ashanti fertig war kehrte Stille ein. Es hatte nur noch ein »Lasst uns beten« gefehlt, doch der Glaube an Gott hatte für keinen wirklich eine Bedeutung mehr. Ihr Glaube starb mit ihren Angehörigen und Gott hatte es auch nicht mehr geschafft, einen Zugang zu ihrem Herzen zu finden. Inka hatte es nach dem Tod ihres Mannes nach langer Abwesenheit wieder zugelassen und sich Gott genähert. Sie hatte sich in ihrer Gemeinde sozial engagiert und hatte jeden Sonntag den Gottesdienst besucht.

Als ihr dann ihr Sohn genommen wurde, zerbrach ihr Glaube erneut und sie wendete sich endgültig von Gott ab.

Bei Anja war es ähnlich gewesen. Sie hatte sogar die Jugendgruppe ihrer Gemeinde übernommen und sich um die Konfirmanden gekümmert. Doch wie konnte sie an etwas glauben, das ihr den schlimmsten Schmerz zufügte, den sich ein Mensch nur vorstellen kann.

Auch sie wandte sich nach dem Tod ihres Babys von Gott ab und legte ihre ehrenamtliche Arbeit in ihrer Gemeinde nieder.

Dr. Ashanti war seit seinem achtzehnten Lebensjahr ohne Religion gewesen. Er trat mit seiner Volljährigkeit aus der Kirche aus, auch wenn seine Mutter das nicht für guthieß.

Manchmal kamen ihm Zweifel und er wollte wieder in eine Kirche eintreten, doch mit den Jahren und den Schicksalen seiner Patienten verwarf er wieder sein Vorhaben und beschäftigte sich mit fernöstlichen Religionen, die ihm weitaus sinnvoller erschienen.

Dr. Ashanti beschäftigte sich intensiv mit Naturritualen und Meditation und das versuchte er in seinen Sitzungen mit seinen Patienten mit einfließen zu lassen.

»Jetzt, wo ich die Äste so brennen sehe und wir so schön beisammensitzen, lasst uns was ausprobieren. Das wollte ich sowieso mit Ihnen demnächst machen.«

«Á chanté, Doktor», sagte Hans-Peter und erhob sein volles Schnapsglas auf ihn. Dr. Ashanti schmunzelte, war er doch schon genauso angeheitert wie seine Gruppe.

»Haben Sie Lust? Wir müssen auch nicht weit laufen. Ich habe vorhin beim Herfahren einen kleinen Park entdeckt, da könnten wir wunderbar unsere Schreiübungen machen. Inka und Anja schauten sich verdutzt an.

Steevenson sprang auf und fing an, einen Pavian zu imitieren und kraulte sich seine Achselhöhlen und brüllte dabei und ließ seine Unterlippe flattern.

»Ja, los, Leute, das wird lustig!«
Kramer konnte kaum noch geradestehen, fand den Vorschlag aber ebenfalls amüsant und animierte mit Steevenson zusammen die anderen, mitzumachen. Die Trauma-Gruppe wartete, bis der Asthaufen auf dem Grill abgebrannt war und machte sich dann auf zu dem kleinen Park in der Wohnsiedlung, in der Hans-Peter wohnte.

Der dunkelblaue Himmel war sternenklar. Die Nacht roch geräuchert und nach verbrannten Tannenzapfen. Hans-Peter nahm sich eine Flasche Ouzo mit als Wegzehrung.

Inka lief bei Anja im Arm eingehakt als Schlusslicht. Steevenson und Kramer torkelten an der Spitze vorne und grölten in die Stille der Reihenhaussiedlung.

Ein Licht ging an und ein Fenster öffnete sich und eine Stimme schrie »Ruhe« und das Fenster knallte wieder mit voller Wucht zu. Inka und Anja lachten und versuchten, sich etwas zu zügeln.

Dr. Ashanti lief neben Hans-Peter her und ließ sich einen Ouzo in sein leeres Schnapsglas einschenken. Dann blieben sie nebeneinander in einer Reihe auf dem Gehweg vor dem Parkeingang stehen. Sie hakten sich beim Nachbarn ein und marschierten als Kette über das mit Tau bedeckte Gras, das unter ihren Schuhen nachgab und sie zum Rutschen brachte.

Steevenson verlor das Gleichgewicht und konnte gerade noch von Kramer aufgefangen werden.

»Alter, das war knapp. Danke, Kumpel«, sagte Steevenson und angelte sich an Kramers Arm hoch, der die Kette losließ, um Steevenson wieder aufzuhelfen.

»Also, ihr gebt schon ein schönes Gespann ab, Männer. Wenn ich es nicht besser wüsste, dann könnte man wirklich meinen, ihr beide habt euch gesucht und gefunden«, witzelte Hans-Peter und genehmigte sich noch einen kräftigen Schluck aus der Ouzo Flasche. Steevenson und Kramer schauten sich an und verzogen ihr Gesicht und antworten parallel »Neeeeee« und Kramer ließ Steevenson los, der dann doch mit seinem Gesäß auf dem Boden landete. Dr. Ashanti blieb in der Mitte des Parks stehen und bat die anderen aus seiner Trauma-Gruppe, jeder für sich jeweils einen Baum zu suchen und diesen fest zu umklammern.

Steevenson und Kramer suchten sich zwei Bäume aus, deren Rinden komplett mit einem

Moos Fell bedeckt waren und kuschelten sich an sie dran. Anja, Inka und Hans-Peter suchten sich gegenüber im Abstand von einigen Metern von einander welche aus, die für sie geeignet schienen. Dr. Ashanti blieb irgendwo dazwischen an einer krummen Linde stehen.

»Wenn Sie bereit sind, dann lassen Sie uns anfangen. Schließen Sie ihre Augen. Versuchen Sie eins zu werden mit ihrem Baum.

Fühlen Sie seine Stärke. Tasten Sie sein Rindengewand ab und fühlen Sie die Energie, die durch ihn hindurchfließt. Kramer, Hans-Peter und Steevenson fiel es sichtlich schwer, sich auf diese Naturmeditationen einzulassen.

Kramer stieß der Ouzo auf und er ließ einen lauten Rülpser los, der durch die friedliche Stille der unschuldigen Nacht donnerte. Er äußerte ein lautes »Tschuldigung« und widmete sich wieder dem weichen Moos Fell vor sich.

Steevenson antwortete auf Kramers Rülpser mit »Schulz«. Und als sie so an ihren auserkorenen Bäumen standen, die Männer wackelig auf ihren Beinen, und mehr hingen als standen, und sich mit ihrem Baum angefreundet hatten, fuhr Dr. Ashanti fort.

»Merken Sie alle, was für eine magische Anziehungskraft so ein Baum besitzt? Der Baum ist die Verbindung zwischen dem Energiefeld unter der Erde und unserem irdischen Dasein. Ich möchte, dass ihr euch jetzt ganz stark konzentriert und versucht, alles um euch herum auszublenden.

Es gibt nur noch euch und den Baum. Wenn Sie alle soweit sind, dann geben Sie Ihrem Zorn und Ihrer Wut einen Namen und locken Sie sie tief aus Ihrem Innersten hervor.

Schreien Sie es heraus. Schreien Sie den Baum an. Gebt ihnen eine Stimme und befreit euch von ihnen.«

Dr. Ashanti fing an und ließ einen Schrei los, obwohl er kümmerlich daherkam. Hans-Peter fing an zu lachen.

»Bitte, konzentrieren Sie sich. Es ist ganz wichtig, dass Sie bei dieser Übung ernst bleiben, sonst hat das alles keinen Sinn!« sagte Dr. Ashanti mit ernstem Unterton, stoß ihm dabei doch selbst der viele Ouzo auf, den er zuvor getrunken hatte.

»Also nochmal von vorne. Tief einatmen und ausatmen und versuchen Sie es nochmal.«
Alle lachten los und gaben mehr Grunz Geräusche von sich, als dass sie einen echten Schrei losließen. Kramer ahmte Steevensons Affengeräusche nach und rannte mit ihm wie Paviane durch den Park. Anja hing an ihrer dünnen Birke und krächzte wie ein verzweifelter Sperling, der irgendwo festhing. Dr. Ashanti gab es auf und

ließ den Dingen seinen Lauf und beobachtete ungläubig, wie seine Gruppe wieder zu Kindern wurden und schüttelte nur den Kopf. Dann schoss ihm aus der Magengegend wieder der scharfe Ouzo-Saft auf und er musste sich an seinem Baumstamm übergeben.

Dann flog Scheinwerferlicht durch den dunklen Park. Zwei Polizeibeamte kamen von der Straße mit Taschenlampen in den Park gelaufen und unterbrachen die erlustige Runde.

Dr. Ashanti wischte sich das Erbrochene von seinem Mund ab und versuchte mit halbwegs geradem Gang zu den Beamten zu gelangen, die nicht wussten, wo sie da reingeraden waren und vorsichtshalber schon ihre Hand an ihrem Schlagstock hielten.

»Wir haben einen Anruf erhalten wegen nächtlicher Ruhestörung. Wir möchten Sie bitten, zur Ruhe zu kommen und sich auszuweisen. Meine junge Kollegin hier wird ihre Personalien aufnehmen.«

Anja und Inka versteckten sich hinter ihrem Baumstamm und kicherten verlegen. Huber polterte mit seiner Ouzo Flasche über den Rasen und stolperte und fiel den Beamten vor die Füße und landete mit seinem Kinn im Gras.

Kramer und Steevenson kriegten sich nicht mehr ein vor Lachen. Die junge Polizistin funkte ihre Polizeistelle an und forderte Verstärkung an.

Ehe es sich Dr. Ashanti und seine Gruppe versahen saßen sie in der Ausnüchterungszelle im Polizeirevier und warteten bis einer nach dem anderen aufgerufen wurde und vernommen wurde.

»Was meint ihr, wie viel wir wert sind, um freigelassenen zu werden?«, sagte Huber, der auf der Sitzbank lag, die Beine übereinander kreuzte und die Decke anstarrte.

»Wenn wir Glück haben gibt's einen Gruppenrabatt und wir sind in einer Stunde wieder auf freiem Fuß«, antwortete Anja Hellwig, die mit Feuchttüchern versuchte, die grünen verharzten Abfärbungen auf ihrer Handflächen abzubekommen.

»Die Frage ist wohl eher, wen wir anrufen können? Es sind doch alle tot«, sagte Inka Bartel, die sich sofort für ihren makabren Scherz entschuldigte, als sie merkte, dass er keinen Anklang bei den anderen fand.

Dr. Ashanti saß mit übereinandergeschlagenen Beinen an der Sitzbankkante, und schaute beschämt zu Boden und hielt sich seine Hand vor die Stirn. *Bitte, lass die Nacht schnell rumgehen,* dachte er sich im Stillen und kämpfte noch immer mit seinem Sodbrennen.

Eine Stunde später betrat Kramers Mutter mit einem Beamten die Ausnüchterungszelle und befreite sie.

Kramer schlüpfte in die Rolle seines zehnjährigen Ichs und fiel seiner Mutter um den Hals und küsste sie. Wenig begeistert, morgens um vier aus dem Bett geläutet worden zu sein, um ihren erwachsenen Sohn abzuholen, klopfte sie ihm auf die Schulter.

»Ihr macht ja Sachen« sagte sie und reichte ihrem Sohn seine Jacke, die sie mit sich trug.

»Ich musste den Polizisten da draußen versprechen, Sie alle heil nach Hause zu bringen. Da ihr mir alle nicht den Anschein macht, dass ihr es alleine nach Hause schafft, kommt ihr erst mal mit zu mir und dann sehen wir weiter.«

15

Irmgard Kramer setzte eine Kanne frischen Kaffee auf und deckte den Frühstücktisch. Christoph und Jonathan lagen auf der Couch und schnarchten abwechselnd vor sich hin, während Anja Hellwig, blass um die Nase, die Treppe vom ersten Stock herunterkam und verschlafen ein Gähn-Konzert von sich gab.

Dr. Ashanti saß draußen auf der Veranda und beobachtete die indischen Kaiserfische, die im Teich neben ihm schwammen. Noch drei Wochen, dann konnte er die Fische im Indischen Ozean selbst beim Tauchen hautnah betrachten.

»Das sind prachtvolle Geschöpfe nicht wahr?«, sagte Irmgard Kramer, die auf die Veranda schritt und Dr. Ashanti eine Tasse Kaffee brachte.

»Ja, das sind sie. Ungewöhnlich, dass die jemand zuhause in seinem Teich hat«, antwortete Ashanti und nahm dankend die Kaffeetasse entgegen.

»Es klingt vielleicht albern, aber meine Enkelin Lina liebte die Fische über alles. Als wir das erste Mal zusammen im Sea World waren wollte sie unbedingt solche Fische haben. Es durften keine anderen sein. Also kaufte ich in der Zoohandlung genau solche.

Mein Sohn hat dann den Teich angelegt und jetzt sind sie eine wunderschöne Erinnerung für uns. Ich sehe Lina immer noch die Fische überfüttern, weil sie gerne die Dose mit dem Fischfutter komplett hineinschüttete, weil sie Angst hatte, sie würden bis zu ihrem nächsten Besuch verhungern.«

Dr. Ashanti grinste.

»Unsere Lina. Sie war was ganz Besonderes. Wenn sie mich nach der Schule besuchte, dann stellte sie sich mit ihrer Geige neben den Teich und spielte den Fischen etwas vor. Sie war ein Naturtalent. Mir kamen oft die Tränen, wenn sie auf der Geige spielte, so schön spielte sie.«

Irmgard Kramer lief an den Teich und warf ein paar Drops von dem Fischfutter ins Wasser, woraufhin die Kaiserfische an die Oberfläche schwammen und mit ihren kleinen Mäulern nach den aufgequollenen Drops schnappten.

»Christoph ist nicht mehr der Alte, müssen Sie wissen, Dr. Ashanti. Mit Linas Tod ist auch ein großer Teil von meinem Sohn gestorben. Ich habe ihn in den letzten Wochen schon öfter aus irgendwelchen Bars, volltrunken, abholen müssen, weil er seinen Kummer in Alkohol ertränkt. Ich würde ihm gerne helfen, doch man kann sich nicht vorstellen, wie unheimlich weh es tut, sein eigenes Kind zu verlieren.«

»Oh doch, das kann ich Irmgard, ähm Frau Kramer.«

«Sagen Sie ruhig Irmgard zu mir, das tun alle, die mich kennen. Was ist Ihnen passiert, mein Junge?«

Dr. Ashanti schaute Kramers Mutter an, die immer noch am Teich vor ihm stand. Dr. Ashanti druckste herum. Ihm fiel es unsagbar schwer, es laut auszusprechen.

»Sie sind gestorben. Meine Frau und mein Sohn sind bei einem Verkehrsunfall ums Leben gekommen.«

»Das tut mir leid, mein Junge. Wie hältst du das dann aus, die Trauma-Gruppe zu leiten oder überhaupt sich Tag für Tag die Schicksale und Probleme anderer anzuhören? Ich meine, ich bewundere das, also Menschen, die sich jeden Tag die Sorgen anderer anhören müssen.«

Dr. Ashanti zuckte mit seinen Schultern und seufzte.

»Man lernt mit den Jahren damit umzugehen. Natürlich sind wir nicht automatisch davon befreit, dass nichts an uns herantritt oder wir selbst mit Schicksalsschlägen zu kämpfen haben. Glaube es mir Irmgard, die meisten Therapeuten haben selbst Seelenklempner, um mit ihren Problemen klar zu kommen. Wir lernen zwar allerhand Techniken im Studium doch die Psyche lässt sich nicht immer austricksen.«

Irmgard Kramer nickte verständnisvoll.

»Verstehe. Dann trägst du deinen Schmerz noch immer mit dir herum. Ich hoffe, du vergisst dich selbst nicht dabei, wenn du anderen hilfst?«

»Nein, ich habe einen guten Therapeuten, der mir sehr hilft und mich auffängt, wenn mich der Mut verlässt oder ich nicht genug Kraft habe, den nächsten Tag zu überstehen.

Es wird auch von Tag zu Tag leichter, nur es braucht eben seine Zeit. Man ist nicht mehr derselbe Mensch, das stimmt – und man wird es auch nicht mehr sein und damit muss man erst einmal klarkommen und sich bewusst machen, dass das alte Leben nicht mehr zurückkehrt.

Gib deinem Sohn Zeit, Irmgard. Er ist auf einem guten Weg. Er braucht noch Zeit zum Trauern und sich abzunabeln aber er wird es schaffen, da bin ich mir ganz sicher!«

»Und Du? Wie sieht es bei Dir aus?« fragte Irmgard Kramer und kam zu ihm auf die Veranda zurückgelaufen.

»Ich fahre bald für einen Monat nach Goa. Ich werde dort in einem Tempel wohnen und meine Wunden heilen.«

»Goa? Habe ich da richtig gehört?«, schallte eine Stimme aus dem Hintergrund. Dr. Ashanti dreht sich um und sah Hans-Peter Huber an der Verandatür stehen.

»Sie wollen uns vier Wochen hier alleine lassen? Das können Sie doch nicht machen, Doktor.« Dr. Ashanti hatte eigentlich den gestrigen Grillabend zum Anlass nehmen wollen seiner Gruppe von seiner Auszeit zu erzählen.

»Doch, Herr Huber, aber ein Kollege wird mich in der Zeit gebührend vertreten, so dass Ihnen allen kein Nachteil entsteht.

»Wer fährt nach Goa?«, fragte Inka, die mit zerzausten Haaren zu der kleinen Runde auf der Veranda dazu stieß.

»Dr. Ashanti!« antwortete Huber mit enttäuschtem Tonfall.

»Aha. Ohne uns?«, fragte Inka Bartel, die Huber um die Hüften fiel und ebenfalls traurig darüber war, ein paar Wochen auf Dr. Ashanti verzichten zu müssen.

»So, lasst uns frühstücken, wenn eh alle wach sind. Ich mach uns noch ein paar Rühreier«, sagte Irmgard Kramer und ging ins Haus zurück.

»Darüber müssen wir nochmal reden, Herr Doktor«, sagte Huber und folgte Kramers Mutter in die Küche und setzte sich an den Esstisch zu Anja Hellwig. Inka Bartel tat es ihm gleich und weckte dabei Kramer und Steevenson auf, indem sie sie an den nackten Füßen kitzelte. Beide wachten aus ihrer Schlafstarre auf und fielen unsanft von der Couch herunter.

»Das Beste habt ihr beiden wieder verpasst, ihr Schlafmützen!«, sagte Huber und schenkte sich und Inka mit der Thermoskanne Kaffee ein.

»Wie? Wo? Was? Was meinst du?«, fragte Kramer, der orientierungslos aufschrak und es sich mit dem Aufstehen sichtlich schwertat.

Teil 4

16

Am Flughafen angekommen marschierten sie durch die fast menschenleere Eingangshalle zum Schnellrestaurant mit dem goldenen Bogen, das bei Terminal zwei rund um die Uhr geöffnet hatte. Inka Bartel hatte am meisten Gepäck dabei.

Sie parkte ihren vollen Gepäckwagen unten an der Rolltreppe und nahm nur ihren kleinen Rucksack mit in das Schnellrestaurant.

Huber reichte eine schmale Urlaubstasche, die er auf der Schulter trug. Kramer und Steevenson kamen mit jeweils einer großen Sporttasche an.

Nachdem sich jeder einen Kaffee und einen Frühstücks Burger geholt hatte, den sie schon bereuten, bevor er in ihrem Magen gelandet war, gingen sie kurz nach halb fünf durch die Sicherheitskontrolle bei ihrem Terminal.

Steevenson wurde unruhig und hampelte in der Schlange herum. Kramer, sein neuer Beschützer und bester Freund, machte seine Herumzappelei nervös und er fragte Jonathan, was bloß in ihn gefahren sei, weshalb er so unruhig sei. Steevenson überging die Frage und setzte sich seine weißen Kopfhörer auf und hörte laut Musik.

Kramer drehte sich zu Anja um und schüttelte den Kopf. Inka lag der Frühstücks Burger schwer im Magen und sie bekam Bauchkrämpfe und ließ kleine Lüftchen entweichen, während sich die Warteschlange nur schleppend nach vorne bewegte. Dr. Ashanti stand als Letzter in der Reihe.

Er trug einen bunten Fischerhut und eine khakifarbene Safariweste und blätterte in seinem Reiseführer, den er sich am Flughafenkiosk mitgenommen hatte. Sein Freund Frank Herrmanns hatte ihm von Goa vorgeschwärmt und ihm in Aussicht gestellt, dass bei ihm nach seinem Besuch an der mittleren Westküste Indiens nichts mehr so sein würde wie es vorher war.

Goa besäße eine unbeschreibliche Aura, die einen schon nach dem Verlassen des Flugzeuges packte und eine unbeschreibliche Lebensenergie versprühte. Und tatsächlich behielt sein guter Freund recht mit dem was er ihm berichtete.

Als die sechs am Flughafen von Goa ankamen und die Treppe vom Flugzeug herabstiegen, merkte Dr. Ashanti, wie seine Haut anfing zu kribbeln und in ihm plötzlich mehrere Schübe positiver Gefühle entfacht wurden.

Die gestresste Anreise verflog sich bei allen rasch, als hätte es sie zuvor nicht gegeben. Anja und Inka stolzierten mit ihren Sonnenbrillen wie Superstars die Stufen der Boeing hinab. Huber und Kramer, getrieben von Coolness, folgten ihnen mit ihrem männlichsten Gang, den sie in petto hatten.

Dr. Ashanti blieb an der obersten Treppenkante stehen und schaute in den kristallklarsten Horizont, den er je zuvor gesehen hatte, und strahlte.

Frank, du hast wie immer nicht zu viel versprochen, dachte er sich und folgte den anderen zum Busshuttle, der sie zum Flughafenausgang brachte. Steevenson hatte den Flug verpennt und kam ihnen zerknautscht hinterhergerannt.

Sein Kopfhörer baumelte noch um seinen Hals. Bei der letzten Treppenstufe wäre er fast gestolpert, weil seine Sporttasche durch seine Rennerei an die Schutzkanten prallte und er mit seinen Beinen an ihrem Korpus hängen blieb.

Nach dem der Einreisekontrolleur ihren Reisepässen einen Stempel verpasst hatte, mussten die sechs durch mehrere tunnelartige Gänge laufen, bis sie schließlich am Ausgang des kleinen Flughafens ankamen, wo ein kleiner Oldschool Mahindra-Bus ihre Ankunft erwartete, um sie in die Hotelanlage in der Nähe des Paloma Beach zu bringen. Ein kleiner älterer indischer Mann öffnete ihnen die Bustür und verstaute ihr Gepäck auf dem Dach des Busses, bevor er losfuhr und über die ungeteerten Straßen bretterte, wobei der Bus eine Menge Staub aufwirbelte und seine Fahrgäste ordentlich durchrüttelte.

»Ein Kamelritt ist nichts dagegen, Leute« witzelte Huber und drückte Inka mit seinem korpulenten Bauch leicht gegen das Fenster in der letzten hinteren Sitzreihe. Anja und Kramer lachten.

Dr. Ashanti blätterte durch seinen Reiseführer und wischte sich den Schweiß von der Stirn, der unter seinem Fischerhut hervortropfte und dunkle Ränder an der Hut Kante hinterließ.

Es sei nicht mehr weit, sagte der indische Mann am Steuer in gebrochenem Englisch. Dabei lächelte er in den Rückspiegel und zeigte allen seine Zahnlücken. Allein die abenteuerliche Busfahrt war ein Highlight für sich.

Sie fuhren die Küste der Insel entlang und auch wenn der viele aufgewirbelte Staub ihnen etwas die Sicht versperrte, fühlten sie sich wie im Paradies. Anja Hellwig war etwas in Gedanken versunken und bedauerte mit einem lachenden und einem weinenden Auge, dass sie die Reise nicht mit ihrem Mann Martin gemeinsam erleben durfte. Andererseits war vielleicht genau das der Zauber, dass sie seit gefühlten hundert Jahren endlich wieder etwas für sich alleine tat.

Nur für sich. Nur Anja Zimmermann bevor sie in die Hellwig-Dynastie eingeheiratet hatte. Der

Bus hob bei der Fahrt etwas ab, wenn er über lose Steinbrocken fuhr, die überall auf dem Weg herumlagen. Anja Hellwig hob mit ab und landete wieder auf ihrem dünnen Gesäß.

Es fing an, ihr Spaß zu machen. Sie fühlte sich wieder in ihre Kindheit versetzt, wenn sie mit ihrem Vater im Winter mit dem Schlitten über die vereisten Schneehügel fuhr.

Das hatte sich genauso angefühlt. Manchmal rutschte sie vom Schlitten runter und landete auf dem harten festgefrorenen Schnee, wenn ihr Vater jeden Hubbel mitnahm ohne dabei zu bremsen. Anja lachte und schrie »nochmal«, wenn ihr Po auf dem ausgebeulten Sitzpolster landete.

Ihr Busfahrer strahlte unablässig und nahm ihr Lachen zum Ansporn seine Geschwindigkeit noch zu erhöhen, wenn wieder ein Stein auf der Straße lag. Dr. Ashanti verdrehte die Augen und hielt sich an dem Fenstergriff fest und rief laut

»Bitte nicht«.

Kramer und Huber bekamen sich nicht mehr ein vor Lachen. Inka fühlte sich wie eine frisch getrocknete Rosine.

Dann trat ihr Busfahrer kräftig auf die Bremse und legte eine actionreife Vollbremsung hin. Die Staubwolke peitschte über den Vorplatz der Hotelanlage.

»Soo biddää. S-t-e-i-g-e-n S-i-e a-u-s. W-i-r s-i-n-d da. Dankää, dass Sie unser Aus be-ä-r-en. Ich wünschä I-h-n-ä-n e-i-n-e-n sch-ö-n-ä-n A-u-f-e-n-t-h-a-l-t bei uns.

»Die Medizin hätte ich gern, die der nimmt«, brummte Steevenson, der seine Sporttasche durch den Businnenraum nach vorne schob und als Vorletzter ausstieg. Kramer, der hinter ihm herlief, lachte und erwiderte:

»Ich auch. Ein bisschen Happyness hier ein bisschen Happyness da und alles ist wunderbar! Nicht wahr?«

Beim Verlassen des Busses streckte der Busfahrer jedem seine rostige Sparbüchse hin und nickte im Dauerakkord und riss seine Mundwinkel weit auf und präsentierte nochmals seine Zahnlücken.

»So surreal, Leute. Sehr surreal und abgefahren. Sind hier alle so, Doc?«, fragte Steevenson, der etwas bestürzt war, dass er, trotz dass er regelmäßig Gras rauchte, nie so ein Gute Laune Level erreichte. Am Eingang standen ein paar Frauen in schönen Gewändern und führten einen Willkommenstanz für sie auf.

Der Hoteldirektor begrüßte sie mit eben dem gleichen Breitmaulfroschgrinsen, wie es der Busfahrer die ganze Fahrt über aufgesetzt hatte.

»Dr. Ashanti, richtig? Schön, dass Sie zu uns gefunden haben. « Die tanzenden Frauen wedelten mit Halsketten aus Blumen, die für die Ankömmlinge bestimmt waren.

»Ich dachte, wir sind in Indien und nicht auf Hawaii, Dr. Ashanti?« sagte Huber sich wundernd. Dann steckte er seinen kräftigen Kopf ein Stück nach vorne und wartete, bis er die Blumenkette von einer jungen Dame übergestülpt bekam.

Inka Bartel und Anja Hellwig fanden es toll und tanzten gleich mit, während ihnen die Blumenkette um den Hals gelegt wurde.

»Christoph, wir müssen uns gleich auf die Suche nach der Medizin begeben, hörst du? Ich will auch dauerbestrahlt sein!«, sagte Steevenson.

Kramer lachte und sagte zu Jonathan, dass er weiter gehen solle und schubste ihn kumpelhaft nach vorne und kniff dabei mit seinen kräftigen Händen in Steevenson Schultern.

Ihre Zimmer lagen nach Süden gerichtet, mit Blick zum Palolem Strand. Sie konnten die frische Meeresprise riechen. Es waren Doppelzimmer, die sich Inka und Anja, Hans-Peter und Kramer zusammen teilten.

Steevenson bestand auf ein Einzelzimmer und Dr. Ashanti hatte ebenfalls ein Zimmer für sich. Er hatte aber auch Gepäck für drei dabei. Die

Bildkarten hatte er zuhause in der Schreibtisch-schublade seiner Praxis gelassen. Bevor alle in ihren Zimmern verschwanden machte Dr. Ashanti einen Treffpunkt aus, um gemeinsam zum A-bendessen zu gehen und den Tag mit einem schö-nen Strandspaziergang ausklingen zu lassen.

Huber, Kramer und Steevenson brauchten kei-ne Verschnaufpause und suchten gleich die Strandbar auf, nachdem sie ihr Gepäck in ihre Zi-mmer verfrachtet hatten. Inka legte sich eine Runde aufs Ohr und Anja nahm eine lange Du-sche mit dem riesigen Wellnessbrausekopf der aus der Wand ragte, nachdem sie ihren Koffer feinsäuberlich ausgepackt und ihre Kleidung ge-ordnet im Kleiderschrank verstaut hatte.

Die Abendsonne war, trotz dass es etwas be-wölkt war, immer noch schwül und drückend, so dass Steevenson, Kramer und Huber entschieden, sich lediglich ein Leinenhemd zu ihren Badeho-sen überzuziehen, als sie sich zum Abendessen mit den anderen in der Hotellobby trafen.

Dr. Ashanti trug ein weißes Hemd mit roter Fliege und sah mit seinem zur Seite gewachsten Scheitelhaar aus wie einer von den Strolchen.

Es hatten nur noch die Hosenträger gefehlt und er hätte eins zu eins aus der Kinderserie entsprin-gen können. Inka und Anja trugen leichte Som-merkleider. Inka trug bequeme Sandalen und Inka rosa-cremefarbene Ballerinas mit einem kleinen Schleifchen vorne auf der Schuhkappe. Auf der Terrasse mit groß angelegtem Palmengarten spielte eine kleine Kapelle Jazz und Swing und unterhielt die Hotelgäste, die sich am Buffet über die Vielzahl an Speisen hermachten.

Der Kellner, der im traditionellen Samtgewand daherkam, wünschte ihnen einen schönen Abend und geleitete sie zu ihrem Tisch in der Nähe der Bühne. Zum Aperitif und als Willkommensgetränk bekamen sie einen Mango-Secco-Lassi mit Orangenschalen und Minz-Streifen serviert und die Getränkekarte dazu. Auch der junge Kellner hatte wieder dieses strahlend weiße Everybody´s Darling Lächeln aufgesetzt.

»Ist das ansteckend oder hat man das hier von Geburt an?«, nuschelte Hans-Peter Huber, bei dem Versuch das indische Lächeln zu imitieren, indem er dabei seine Finger benutzte und eher Grimassen schnitt, als dass ein Lächeln dabei herauskam.

»Wie kann man damit nur essen und trinken? Da fällt einem doch alles aus dem Mund«, spottete erweiter, als er merkte, dass er mit diesem weit aufgerissenen Mund keinen Schluck von seinem Special Mango- Lassi trinken konnte.

»Ja, Hans, musst du übän übän übän. Ganze Taag lääääschääln und die Luft anaalteen« sagte

Steevenson in die Runde, woraufhin wieder alle anfingen zu lachen. Dr. Ashanti hatte sich fast vor Lachen den Mango-Lassi auf sein frisch gebügeltes Hemd geschüttet. Er konnte den dickflüssigen Inhalt seines Glases gerade noch ausbalancieren, sonst hätte es wohlmöglich ein gelb-farbiges Unglück mit grünen Streifen gegeben.

»Ui, Shanti Shanti Ashanti, ähm, Dr. Ashanti, nicht so hastig. Sie können es ja kaum abwarten, die breiige Mango zu schlürfen«, sagte Kramer und klopfte auf den Esstisch vor ihm.

Zwei Kellnerinnen brachten ihnen warme Feuchttücher an den Tisch, damit sie sich vor dem Essen nochmal die Hände reinigen konnten. Überall auf dem Tisch lagen Magnolienblüten zwischen den Tellern und dem Besteck.

»Ich bin das gar nicht mehr gewohnt. Den letzten Urlaub habe ich vor zwanzig Jahren mit meinem verstorbenen Mann und meinem verstorbenen Sohn nach Kreta gemacht.

Da war aber trotz Vollpension nicht so viel Service dabei«, sagte Inka, und genoss es, von allen Seiten bedient und umsorgt zu werden.

Hans-Peter Huber lächelte sie an und reichte ihr eine der weißen Magnolienblüte die neben ihm auf der Tischdecke lagen.

»Und das ist erst der Anfang, meine schöne Blüte«, sagte er und warf ihr einen Luft Kuss zu. Inkas Herz schlug schneller.

»Kommt jetzt gleich der Heiratsantrag, Hansi?«, sagte Steevenson und amüsierte sich über diese Traumschiffromantik, die sich vor ihm abspielte. Würde seine Freundin jetzt neben ihm sitzen, hätte er wahrscheinlich auch tief in die Romantikkiste gegriffen.

Aus ihm sprach nur der sanfte Neid. Nicht böse. Nur eben der leichte Hauch an Neid, den man verspürte, wenn man als Zuschauer in der zweiten Reihe saß und jemand anderes die volle Ladung Romantik abbekam und nicht man selbst.

»Alles gut, Brauner. Du wirst sie wieder erleben!«, sagte Kramer, der neben Jonathan saß und gerade in seinem Teller herumstocherte, der mit fast allen Hauptspeisen, die vorne beim Buffet angeboten wurde, vollgeladen war.

»Das Tikka Masala mit Spinat musst du probieren, Jonathan. Und das hier.«
Kramer zeigte auf das Rindfleisch, das in einer knallroten, fast orangenen Soße schwamm.

»Das schmeckt überirdisch gut! Hier probiere mal.«
Kramer reichte Jonathan seine Gabel mit Reis und dem roten Zeug darauf und wartete, bis Steevenson seinen Mund öffnete und er die Gabel

hineinschieben konnte. Steevenson schloss seinen Mund wieder und kaute.

»Joa. Ganz okay. Mein Curryhühnchen schmeckt aber auch nicht übel. Willst du probieren, Christoph?«
Steevenson stach mit seiner Gabel in ein Stück Hühnchen und schwenkte es durch die gelbe Currysauce und reichte Kramer die Gabel rüber.

»Und was seid ihr beide? Das neue Homopärchen bei Rote Rosen im Ersten?« sagte Huber und genoss triumphal seine Retourkutsche an Steevenson, der gar nichts darauf erwidern konnte. Er zog die Gabel zurück, bevor Kramer das Stück Hähnchen mit seinem Mund aufnehmen konnte und aß es selbst auf.

Dr. Ashanti und Anja lachten und Ashanti verschluckte sich dabei und würgte den Happen Fisch wieder hoch, den er zuvor runtergeschluckt hatte.

»Ihr bringt mich noch ins Grab! Wirklich. Ohne Witz« sagte Dr. Ashanti und wischte sich seinen Mund mit einer Serviette ab. Anja Hellwig erlitt einen Lachkrampf, aus dem sie nicht so schnell wieder herauskam.

Sie kannte die Fernsehsendung aus ihrer Zeit während ihrer Schwangerschaft und stellte sich gerade vor, wie Kramer und Steevenson in zweihundert Folgen versuchten, die Irrungen und Wirrungen ihrer Beziehung zu überwinden, um sich dann in der letzten Folge in die Arme zu fallen und sich ihre Liebe zu gestehen.

Anja versuchte, sich zu beruhigen, doch es gelang ihr nicht. Irgendwie schien jeder am Tisch die Sendung zu kennen. Ob Mann oder Frau. Sie gehörten allesamt der Kategorie an, keiner guckt es, aber jeder kennt die Sendung.

Kramer fing an, mitzulachen und dann steckte Anjas Lachkrampf alle am Tisch an. Selbst Steevenson, hundertprozentiger heterosexueller Mann aus Überzeugung, konnte nicht anders, als so lange zu lachen bis ihm die Tränen kamen.

»Ja, Huber, du hast völlig Recht damit. Es ist an der Zeit, dass endlich mal ein Homopärchen die Hauptrollen bei Rote Rosen spielt«, sagte Anja in ihrem Lachflash und holte tief Luft, um noch eine Runde zu lachen. Alle Hotelgäste auf der Terrasse starrten zu ihrem Tisch rüber.

»Mama, die sind ja lustig«, sagte ein kleiner Junge, der mit seinen Eltern am Nachbartisch saß und mit seinem mit Ketchup und Mayo verschmierten Mund Pommes Frites aß.

Seine Mutter hatte schon alle Mühe damit, dass ihr Sohn überhaupt etwas aß, und schon wurde er wieder von dem Lach-Mopp der Trauma-Gruppe abgelenkt und vergaß seine lauwarmen rotweißen Kartoffelstäbchen, die vor ihm auf einem Kinderteller lagen.

Erst fingen die Kinder an den Nachbartischen an zu kichern und mitzulachen, dann fingen auch die Erwachsenen an, dem ansteckenden Lachen nicht mehr widerstehen zu können.

Die Kellner standen irritiert am Rand der Terrasse und trauten ihren Augen kaum.

Einer davon roch am Essen und probierte mit seinem Finger die Currysoße um zu testen, ob das vielleicht am Essen lag, dass plötzlich alle anfingen zu lachen. Die Kellner liefen durch die Reihen, wie bei einer ihrer Feueralarmübungen, um zu sehen, ob es ihren Hotelgästen gut ginge.

Sie wussten zwar, dass ihre Happyness ansteckend war, doch nicht, dass das in dem Ausmaße passieren würde. Nur schleppend beruhigten sich die Gäste einer nach dem anderen wieder und nur langsam verflog die Besorgnis unter dem Hotelpersonal und dem Hoteldirektor, der von den Kellnern zu Rate gezogen wurde.

Der Hoteldirektor ließ eine Runde Eis an jeden verteilen, um den kollektiven Lachflash zu durchbrechen. Als sich Anja langsam wieder fing und sich wieder unter Kontrolle hatte, gingen auch die Gäste um sie herum in ihren Normalzustand über.

»Das tat gut. Mir geht's gut. Mit euch geht's mir gut« sagte sie in die Runde und probierte von dem Eis, das vor ihr stand und schon zu schmelzen anfing und bei dem die Eiskugel schon etwas aus der Mitte der Glasschale gerutscht war.

»Hm, lecker. Schmeckt wie Caipirinha, nur ohne weißen Rum« meinte sie und nahm noch einen Löffel von dem Eis.

17

Dr. Ashanti saß schon längst bei einer Tasse Kaffee, schwarz ohne Zucker, und plante bereits die komplette Woche.

Zwei kleine Croissants mit Schokoladencreme und Schokoladenüberzug lagen neben der Kaffeetasse auf einem Vorspeisenteller.

Er wollte so viel wie irgendwie möglich an Ausflügen und Besichtigungen in die sieben Tage packen wie für ihn und seine Truppe machbar waren, damit gar keiner erst auf dumme Gedanken kam und wieder in ein fieses Trauerloch verfiel. Natürlich konnte er das nicht vollends verhindern. Wenn es kam, dann kam es, aber seine Trauma-Gruppe hatte wahnsinnige Fortschritte gemacht und das stimmte ihn fröhlich und das wollte er nicht aufs Spiel setzen.

Jetzt war er dran, seine Geschichte noch auf die Reihe zu kriegen. Neben ihm saß eine schwedische Familie mit zwei kleinen Kindern. Alle waren blond. Ashanti, seine Frau und sein Sohn waren dunkelhäutig und dunkelhaarig gewesen.

Das genaue Gegenteil. Gegen Schweden hatte der Iran bei der Fußballweltmeisterschaft auch noch nie eine Chance gehabt, wieso sollte das jetzt anders sein. Vier zu eins für Schweden.

Dr. Ashanti senkte seinen Blick wieder in seinen Reiseführer und markierte sich einige interessante Standorte auf der Landkarte.

Inka kam mit ihrer Strandtasche und Huber im Schlepptau an den Tisch und wünschte Ashanti einen guten Morgen.

»Guten Morgen, ihr zwei. Wie war ihre erste Nacht im Luftschloss?«, fragte Ashanti und legte seine Lektüre weg. Inka kam aus dem schwärmen gar nicht mehr heraus.

So gute Laune hätte sie schon lange nicht mehr an den Tag gelegt, antworte sie Ashanti. Vielleicht lag es auch ein wenig an Huber, der ihr gut zu tun schien. Nach dem Tod ihres Mannes hatte sie die Suche nach Liebe auf Eis gelegt.

Es gab adrette, gutaussehende Männer ihres Alters, die bei den Tanzveranstaltungen, die sie mit ihrem Bridgefreundinnen manchmal besuchte, versuchten, ihr den Hof zu machen, doch das war für sie längst kein Thema mehr gewesen.

Nach dem Tod ihres Sohnes verschwand auch der restliche Teil in ihr, der sich noch irgendwie nach Geborgenheit und Zärtlichkeit sehnte.

Als Huber anfing, ihr Avancen zu machen, kam ihre Sehnsucht auf einen Schlag zurück und bedeckte ihren Verlustschmerz mit einem süßen Zuckerguss. Sie dachte nicht mehr unablässig an ihre beiden Verstorbenen, sondern fing an, wieder sie selbst zu sein und Gefühle zuzulassen.

Gar nicht so leicht mit zweiundsiebzig Jahren nochmal in die Mottenkiste zu greifen und längst verschollen Geglaubtes wieder heraus zu kramen.

Es war aber nicht nur Inka Bartel, auf die die Reise eine heilende Wirkung hatte.

Dr. Ashanti konnte bei allen aus seiner Gruppe sehen, wie gut ihnen der Abstand tat. Bis die anderen zum Frühstück kamen hatte er Huber und Inka schon längst in seine Ausflugspläne eingeweiht und bis jetzt noch keinen Widerspruch einkassiert. Steevenson kam ungewohnt gepflegt und frisch rasiert an den Tisch und hatte nach wie vor eine Bombenlaune, und das ohne sein heimliches in der Tasche mitgeschmuggeltes Gras nur ein einziges Mal angerührt zu haben.

Anja Hellwig wirkte noch etwas verschlafen, aber nach ihrer ersten Tasse Matcha-Tee und ein paar Löffeln von ihrem Müsli mit Joghurt und Obst verflog ihre Müdigkeit langsam.

»Ich habe seit vorgestern keine Tabletten mehr angerührt« gestand Anja der Gruppe, die sich aufgeregt über den heutigen Ausflug zur Festung

»Fort Aguada« unterhielten. Die Unterhaltung stoppte abrupt. Kramer, der neben ihr saß, drückte ihre Hand.

»Was soll ich euch sagen? Mir geht's blendend. So gut wie schon lange nicht mehr! Ich hätte nicht gedacht, dass ich ohne die Tabletten überleben könnte, doch ich tue es. Ich fühl mich endlich nicht mehr stumpf und ausgebremst.«

Dr. Ashanti hätte sich zwar gewünscht, dass sie die Absetzung ihrer von ihm verschriebenen Medikamente mit ihm vorher besprochen hätte, er hielt sich aber bedeckt damit ihr weiter ins Gewissen zu reden und kommentierte ihren Entschluss nicht weiter.

»Ich weiß, Dr. Ashanti, man soll nicht einfach die Tabletten unbeaufsichtigt absetzen, doch ich habe in den letzten Wochen so viele Sachen gemacht und erlebt, vor denen ich bisher immer Angst hatte und nicht geglaubt hätte, dass ich sie bewältigen könnte. Als ich vorgestern früh aufgestanden bin und wieder vor der Packung stand, keimte so eine Abneigung gegen die Tabletten auf, dass ich für mich selbst einfach beschlossen habe, sie zuhause liegen zu lassen. Ich habe in Kauf genommen, dass ich bereits am Flughafen schon, spätestens aber im Flugzeug einen Nervenzusammenbruch erleiden würde, doch als nichts dergleichen passierte und ich mich nach wie vor gut fühlte, habe ich für mich beschlossen meinen Weg ohne die Tabletten weiterzugehen. Haltet mich für verrückt, doch seit wir hier auf der Insel gelandet sind, fühle ich mich einfach wahnsinnig gut und leicht. Frei und ohne die verdammten Ängste und Selbstzweifel.«

Die anderen am Tisch verstanden sehr gut, was Anja meinte. Ihnen ging es ähnlich, doch sie hatten den Mut noch nicht aufbringen können, ohne die Tabletten weiterzumachen.

Sie wollten sich erst vergewissern, dass der Schein nicht trüge und ihre momentanen Glücksempfindungen nicht nur einen Kurzauftritt hatten und gleich bei der nächstbesten Gelegenheit wieder die Kurve kratzten.

»Das freut uns, Anja«, sagte Inka.

»Ja, Anja, das freut uns wirklich«, sagte Huber. Auch Steevenson schraubte seinen Egoismus runter und gab ihr zu verstehen, dass er ihren Schritt sehr bewundere. Dr. Ashanti traute dem ganzen Zauber noch nicht so recht und hielt sich weiter bedeckt. Die vordergründige Besserung konnte wieder ganz schnell umschwenken und böse für Anja ausgehen.

Punkt 11.00 Uhr wartete wieder ihr indischer Freund, der Dauer Lächler, mit seinem Bus vor dem Hotel, der sie über die Insel zur Festung bringen sollte. Aber es stand auch groß und breit auf einem Aufkleber an der Scheibe der Bustür, auf den Kramer die Gruppe beim Einsteigen aufmerksam machte.

»Da steht's doch: „Home of happiness." Wir fahren in dem Zuhause der Glückseligkeit mit. Und unser guter Freund, die Zahnlücke, ist der Vater der Glückseligkeit und wahrscheinlich gehört ihm auch die Insel und die anderen sind alle seine Schäfchen. So, somit ist die Frage geklärt, woher das viele Lächeln kommt, oder?«

Dr. Ashanti belächelte verschmitzt Kramers Mutmaßung und verdrehte seine Augen.

»Ja, Chris, du hast es erfasst, Maaann« sagte Steevenson und gab ihm alle Fünfe.

Inka überlegte und wenn sie darüber nachdachte, war es eigentlich eine witzige Vorstellung gewesen, die ihr sehr gefiel.

Nach dem Grillabend bei Hans-Peter Huber und nachdem Dr. Ashanti den Vorschlag gemacht hatte, alles gemeinsam nach Indien zu fahren, nachdem sie nicht lockergelassen hatten, hatte sie eigentlich nur noch Spaß, wenn sie mit der Gruppe zusammen war. Die Happyness hatte sie eigentlich schon vor der Indienreise erreicht.

Die massive Festungsmauer aus braunen Sandsteinen erstreckte sich von dem grünen Oasenkern bis ins Meer hinaus. Die Wellen schlugen schaumig an die runde Aussichtsplattform.

Dr. Ashanti und seine Gruppe standen vor dem Festungseingang. Nach der erneut wieder sehr abenteuerlichen Fahrt mit dem Happyness-Mobil mussten sie erst wieder ihr Gleichgewicht finden.

Die rote Erde unter ihnen bedeckte ihre Schuhe, als sie sich dem Festungstor näherten. Dr. Ashanti holte seinen Reiseführer aus seiner Umhängetasche heraus und fing an, seiner Gruppe die geschichtliche Passage aus dem Buch vorzulesen.

»Die Festung, die unter portugiesischer Hand stand, diente im siebzehnten Jahrhundert als Schutz vor den Niederländern und den Marathas. Sie war Bezugspunkt für viele Schiffe, die von Europa herkamen.«

Steevenson gähnte laut. Dr. Ashanti ignorierte es und las weiter laut aus der Reiselektüre vor.

»Jedenfalls stammt der Name „Aguada“, was übersetz Wasser bedeutet, daher, weil die Süßwasserquelle im Festungskern die Schiffe mit Wasser versorgte.«

Inka und Anja hörten gespannt zu. Kramer kehrte Ashanti den Rücken zu und lief alleine ein Stück weiter die Festung entlang, um Fotos zu schießen.

»Der Turm, den ihr hier vorne seht, ist der älteste in ganz Asien und war damals mit über siebzig Kanonen bestückt gewesen«, fuhr Dr. Ashanti fort, auch wenn ihm außer Inka und Anja keiner zuzuhören schien.

»Die Festung umgibt die ganze Halbinsel an der Südwestspitze von Bardez und besitzt einen geheimen Fluchtweg, der in Kriegszeiten verwendet wird. Vielleicht schauen wir uns mal im Innern um? Was meint ihr?«

Anja und Inka befürworteten den Vorschlag Ashantis. Huber folgte ihnen kommentarlos.

Steevenson blieb noch etwas auf der Brüstung stehen und schaute auf das beruhigende Meer hinaus. Das Salzwasser, das Meterhoch an der Mauer peitschte, spritzte im ins Gesicht.

Er war von Kopf bis Fuß in weniger als einer Minute nass. Die kühle Erfrischung bei dem schwülen Klima tat ihm gut. Er stellte sich auf die Mauer und streckte seine Arme in die Luft.

Mit der nächsten Welle wurden seine kurzen Shorts und seine Füße nass.

»Pass auf, Jonathan, sonst fällst du noch da runter«, rief ihm Inka zu, doch Steevenson hörte nur den Klang der Brandung.

»Willst du springen oder was? Komm bitte von der Mauer runter, bevor noch ein Unglück passiert, Junge«, rief ihm Inka zu.

Doch Steevenson war längst in einem Traum verschwunden, in dem er mit seiner Freundin am Strand entlang spazierte und mit ihr Fangen spielte. Ihre nussbraunen Haare flatterten im Wind als sie vor ihm weglief. Er rief ihr nach und erhöhte sein Lauftempo.

»Gleich habe ich dich! Wart nur ab.«
Steevenson streckte seien Arm nach ihr aus, als wolle er jemanden zu fassen kriegen. Er verlor etwas das Gleichgewicht und kippte leicht nach vorne. Steevenson wachte aus seinem Tagtraum auf und konnte verhindern, die Mauer herunterzustürzen.

»Mensch Junge, komm bitte darunter. Das war eben ziemlich knapp«, sagte Inka besorgt, die jetzt hinter ihm auf der Plattform stand. Steevenson atmete tief durch und sprang wieder von der Mauer herunter.

»Ist doch alles gut, Inka. Nichts passiert!«
Inkas Muttergefühle gingen wieder mit ihr durch. Sie holte ihr Strandtuch aus Naturwolle aus ihrem kleinen Rucksack und bedeckte Steevenson damit und rubbelte ihn damit trocken. Steevenson sah aus wie ein nasser Hund, den man gerade aus den Wellen gerettet hatte.

»Das tat gut, Inka. Glaubst du mir das?«
Inka bejahte seine Frage und war einfach nur beruhigt, dass ihm nichts weiter passiert war.

Dr. Ashanti hatte sich an Anjas Interesse festgesaugt und ließ seinen Arm über das Geländer gleiten, als die beiden wieder zu der Gruppe dazu stießen.

»Unser lebensmüder Freund hier wollte Neptun spielen und das Meer bezwingen«, sagte Inka vorwurfsvoll in die Runde und klopfte Steevenson auf seinen nassen Rücken.

»Ohne Dramatik geht's wohl nicht, Steevenson wie?«, sagte Huber und näherte sich Inka, die etwas durch den Wind war.

»Leute, alles cool. Mir geht's gut. Ich hatte nicht vor zu springen. Es war nur eben ein unbeschreibliches Gefühl, das ich auskosten wollte. Mehr nicht.«

Dr. Ashanti riss hellhörig seine Ohren auf, verdrehte seine Augen und verzog seine Mundwinkel nach links.

Oh bitte, Herr, nicht noch ein Selbstmordversuch, das halte ich nervlich nicht durch, dachte er sich nur und lenkte seine Trauma-Gruppe ab, indem er vorschlug, den Festungsturm zu besichtigen. Anja Hellwig saß ihm im Nacken und konnte es kaum abwarten.

Vor ein paar Wochen wollte sie noch vor den Zug springen und ihrem Leben ein Ende setzten und jetzt war sie wie ausgewechselt und einfach nur überglücklich, hier sein zu dürfen.

Nach der Besichtigung der Festung fuhr sie die dauerlächelnde Zahnlücke zu einem kleinen Basar in der Nähe. Während Inka und Anja sich von den Händlern an den Ständen mit Tüchern um den Finger wickeln ließen, setzte sich Dr. Ashanti mit den anderen in ein kleines Café, bis sie kurz nach fünf wieder von ihrem Busfahrer abgeholt und ins Hotel zurückgebracht wurden.

Inka und Anja vollführten im Bus eine Modenschau mit ihren neu erstandenen bunten Tüchern, während die anderen schweißgebadet an den spaltbreit geöffneten Fenstern des Busses lehnten. Als sie wieder im Hotel ankamen traute Anja ihren Augen kaum, als sie ihn in der Lobby des Hotels hatte sitzen sehen, als sie auf dem Weg zu ihrem Zimmer an der Rezeption vorbeilief. Es war tatsächlich Martin, der den Rücken zu ihr gekehrt in dem Sessel neben der großen Vase saß und in einem Magazin blätterte.

Sie wollte flüchten. Sich verstecken. Dann hatte Martin sie entdeckt, noch ehe sie sich an ihm vorbeischleichen konnte.

Anja wusste nicht wie ihr geschah. Wie sie sich ihm gegenüber verhalten sollte. Sie war glücklich auf Goa und wollte sich das nicht mit einer Konfrontation mit Martin kaputt machen lassen. Martin stand auf und wollte Anja auf der

Stelle umarmen, doch Anja verhielt sich reserviert und hielt Abstand.

»Was machst du hier, Martin?«, fragte Anja wenig begeistert und eher schroff als freundlich.

»Ich möchte uns eine zweite Chance geben, Anja. Susanne ist nicht schwanger. Sie hat mich belogen. Ich habe einen Fehler gemacht und ich dachte, vielleicht sei sie mein Ausweg aus der Trauer, doch es gibt nur eins für mich und das bist du. Ich habe dich tief in meinem Innern immer geliebt und ich tue es weiterhin. Ich möchte mit dir glücklich sein und mit keiner anderen Frau der Welt. Sollte ich jemals wieder ein Kind haben wollen, dann nur mit dir zusammen! Kannst du mir bitte verzeihen, Schatz?«

Anja wusste nicht was sie ihrem Mann antworten sollte.

»Lass uns ein paar Schritte gehen, Martin.«

Sie setzte sich auf einen Stein und dachte nach. Martin stellte sich daneben und folgte ihrem Blick aufs dunkelblau, fast schwarz schimmernde Meer, das in das Mondlicht eintauchte. Es verging etwas Zeit. Die Stille der Nacht besänftigte Anjas Wut.

»Weißt du, Martin. Als mir unser Kind brutal aus den Händen gerissen wurde, da ist auch ein Teil von mir gestorben. Ich liebe dich, ja keine Frage, aber ich habe nicht mal mehr mich selbst gespürt und ich glaube, dass ich dir mit meiner Abneigung sicher sehr wehgetan habe. Und das tut mir unendlich leid und dafür möchte ich mich in aller Form entschuldigen. Ich hatte in den letzten Wochen viel Zeit zum Nachdenken und mir ist eines klar geworden, dass keiner von uns Schuld daran hat, dass es so gekommen ist wie es gekommen ist.«

»Meinst du wir kriegen das nochmal hin? Wir beide? Das Dream-Team, das so schnell nichts aus der Ruhe bringt?«

»Vielleicht, Martin. Vielleicht. Gib mir einfach etwas Bedenkzeit. Die Zeit hier auf Goa tut mir unbeschreiblich gut. Lass uns versuchen, das gemeinsam zu genießen. Du wirst sehen, es wird dir hier gefallen. Du kannst hier einfach mal loslassen und alles auf dich wirken lassen. Am besten kommst du morgen früh vor dem Frühstück mit zu meiner Yogastunde für die ich mich gestern mit Inka angemeldet habe. Die sollen hier angeblich einen sehr guten Yoga-Lehrer haben, so stand es zumindest in der Hotelbroschüre.«

Martin schaute Anja wenig erfreut an und tat sich schwer mit der Vorstellung, vor dem Frühstück schon seine Gliedmaße in alle Himmelsrichtungen verbiegen zu müssen und dabei zu Atmen wie bei dem Schwangerschaftsvorbereitungskurs damals, den er mit ihr besucht hatte, als sie mit Elias schwanger war.

Martin vertröstete seine Frau mit einem »Mal sehen« und nahm sie fest in den Arm. Inka und Hans-Peter kamen Hand in Hand den Strand entlang in ihre Richtung spaziert.

Beide strahlten wie frisch verliebte Teenager. Sie lachten und bemerkten in ihrer Zweisamkeit gar nicht, dass Anja und Martin auf den Steinen saßen, an denen sie vorbeiliefen.

»Siehst du, Martin, das ist die Happyness, von der ich die ganze Zeit spreche! Die ist wirklich ansteckend hier auf der Insel. Verstehst du jetzt was ich meine?«

Martin nickte und legte ihren Kopf auf seine Schulter.

»Ich bin happy, Schatz. Ich bin happy hier bei dir zu sein, Anja.«

Kramer und Steevenson saßen an der Hotelbar am Pool mit Cocktails und beobachteten zwei hübsche schwedische Urlauberinnen, die sich hitzig unterhielten und mehrmals dabei zu ihnen beiden rüber schauten und sie verlegen anlächelten. Steevenson, der seit Monaten nicht mal Sex mit sich selbst hatte, wurde wuschig und zappelte auf seinem Barhocker herum. Kramer hatte längst seinen gewissen Blick aufgesetzt, mit dem er bisher seine One-Night-Stands abgeschleppt hatte und fast immer erfolgreich damit war.

»So, Kumpel. Pass mal auf und sieh zu wie der Meister das macht.«
Kramer stand auf, bestellte zwei Cosmopolitan-Cocktails und lief zu den Schwedinnen rüber und verwickelte sie in ein Gespräch. Steevenson beobachtete sie und hoffte, dass Kramer für ihn eine der Schwedinnen klar machen konnte.

Er war normalerweise kein Draufgänger und auch keiner, der Frauen nur als Lustobjekt ansah. Er war auch eher der romantische Kuschelsextyp, doch heute war es ihm egal, welche von den Schwedinnen mit ihm aufs Zimmer kam.

Heute war er nur ein Mann mit animalischem Trieb. Die Schwedinnen tranken einige Schlucke von Kramers mitgebrachten Cocktails, dann begleiteten sie ihn zurück zu Steevenson an die Hotelbar.

»Darf ich vorstellen, Jonathan? Das sind Ingrid und Dagmar. Die beiden machen hier alleine Urlaub und sind auf der Suche nach Spaß und Abenteuer. Ingrid hier hat mir ins Ohr geflüstert, dass sie dich gerne näher kennenlernen möchte« sagte Kramer enthusiastisch.

Ingrid streckte Steevenson ihre Hand hin und stellte sich ihm nochmal persönlich vor und machte einen schüchternen Knicks. Dagmar stand nah bei Kramer und spielte mit seinem oberen Hemdknopf.

»Wir zwei lassen euch beiden Hübschen mal alleine. Dagmar und ich haben noch etwas zu besprechen.«

Steevenson grinste verlegen und wurde unbeholfen und war etwas mit der Situation überfordert. Er bat Ingrid, sich neben ihn zu setzen und noch etwas zu trinken. Als die Bar langsam schließen wollte, lud ihn Ingrid ein, mit auf ihr Zimmer zu kommen. In dieser Nacht kam Steevenson zu seinem Zug. Mehrmals.

Ingrid weckte mit ihrem Stöhnen die halbe Hoteletage auf, auf der ihr Zimmer lag. Steevenson wusste nicht auch nur annähernd, wie sehr er das gebraucht hatte.

Kramer würde jetzt sagen, Ingrid hätte ihn um den Verstand gevögelt. Tatsächlich hatte er seinen Verstand ausgeschaltet und sich nur seiner hemmungslosen Lust hingegeben.

Als Ingrid nach dem siebten Orgasmus endgültig von ihm runter stieg, war Steevenson fix und fertig. Sexuell so ausgepowert, wie zu seiner Schulzeit mit seiner ersten Freundin Mariella nicht mehr, mit der er während der Oberstufe ein paar Monate zusammen war.

Ingrid zog sich einen seidenen Bademantel über und verschwand geschwind im Badezimmer und ließ den völlig erschöpften Steevenson zurück der mit einem fetten Grinsen im Gesicht wenige Augenblicke danach einschlief und weiter von seiner schwedischen blonden Göttin träumte, die ihn wieder Leben hat spüren lassen und dass seine Manneskraft zurückkehrte, die er glaubte, verloren zu haben.

Teil 5

18

Der Yogalehrer war recht klein. Maximal einen Meter fünfundfünfzig groß. Er saß bereits im Schneidersitz gemeinsam mit vier Hotelgästen auf der Rasenfläche unten neben der großen Terrasse auf seinem runden bunten Yogakissen und war bereits in der Eingangsmediation.

Inka, Anja und Martin kamen dazu und setzten sich leise auf die noch freien Yogamatten, die längs in Zweierreihen vor ihrem Yogameister lagen und tuschelten. Er begrüßte die Neuankömmlinge mit einem leichten Kopfnicken und einem Lächeln und hieß sie mit einem »NAMASTE, MEINE FREUNDE« in ihrer Mitte willkommen. Für Inka, Anja und Martin war es die erste Yogastunde überhaupt gewesen und sie saßen etwas unbeholfen auf ihren Yoga Matten und warteten auf die Anweisungen ihres Yogi Yodas. In der Tat sah sein weißer Kimono aus wie Yodas Kostüm aus Star Wars.

Inka und Anja schmunzelten. Martin konnte sich ein lautes Kichern nicht verkneifen. Versuchte aber sofort wieder, Contenance zu bewahren. Sie setzten sich ebenfalls mit geradem Rücken in die Schneidersitzposition und schlossen ihre Augen. Dann erklang ein stumpfer Gong, den der Yogalehrer mit einem Trommelstock auslöste.

»NAMASTE, MEINE FREUNDE. Namaste bedeutet so viel wie: Grüßt das Göttliche in euch. Mein Name ist Ranshid und ich bin heute Morgen für Euer Wohlbefinden zuständig. Viele wissen gar nicht, dass die Yogalehre ursprünglich aus Indien stammt.«

»Doch, ich weiß es«, meldete sich eine stolz zu Wort.

»Das freut mich. Wie heißt du und woher kommst du?«

»Also, ähm ich bin die Sibylle und ich bin aus Braunschweig. Eigentlich aus Thüringen, aber ich habe über das Internet meinen Schatz, also meinen Mann Gregor kennengelernt und jetzt wohne ich seit drei Jahren in Braunschweig. Ich mache auch gerade eine Ausbildung zur Yogalehrerin. Ich habe erst angefangen aber es macht mir großen Spaß und es gibt mir so unheimlich viel Kraft.«

»Das freut mich zu hören, Sibylle.«

»Ja, also ich kann mich ja unheimlich gut auf andere Menschen einlassen und auch diese Ruhe vermitteln. Ich bekomme immer sehr viel Rückmeldung von meinen Yogafreunden im Yogastudio. Ich wäre so emphatisch und ruhig und ich wäre innerlich sehr ausgeglichen. Du fängst doch sicher mit dem Herabschauenden Hund an, Ranshid. Oder? Oder?«

»Wir atmen jetzt erst mal tief in uns ein, Sibylle.«

Ranshid schlug ein weiteres Mal mit dem Trommelschläger auf den Gong und drückte auf seinem Smartphone die Playtaste und es erklangen über den kleinen Bluetooth-Lautsprecher vor ihm leise Meditationsklänge.

»Legt euch bitte auf den Rücken und atmet tief ein und aus. Konzentriert euch nur auf euch selbst und versucht eure innere Mitte zu finden. Schließt fest eure Augen und bewegt euren Kopf leicht nach rechts und dann nach links. Nehmt euren Körper wahr. Nehmt eure Empfindungen wahr. Jedes Gefühl, jeder Gedanke ist willkommen!«

Martin Hellwig kam sich albern vor – tanzten vor seinen Augen unlängst rosa Elefanten und Frauen in Goldgewändern.

Anja war auf einem guten Weg, sich auf die Meditationsreise einzulassen. Inka hatte schon zu sich selbst gefunden und hörte nur noch die Stimme des Yogalehrers, die sie jetzt aufforderte, sich auf die Körperteile zu konzentrieren, die er ihnen vorgab.

Sibylle aus Braunschweig war übermotiviert und bewegte sich zu jeder Übung extra lasziv, als hätte sie Ranshids Yogastunde mit einem Aerobic Videodreh aus den Achtzigern verwechselt und erkundigte sich am laufenden Band, ob sie die Übung auch richtig machte.

Ranshid ruhte in sich und ließ sich nicht aus seinem Gleichgewicht bringen. Das schaffte nicht einmal eine Sibylle aus Braunschweig in einem viel zu engen Fitness Outfit, in dem sich beinahe mehr Ringe bei ihr abzeichneten, als in einem Baumstamm einer Jahrhunderten alten Eiche.

»Der Body Scan, meine Freunde, ist eine gute Übung um im Hier und Jetzt anzukommen. Sich innere Ruhe zu gönnen, die uns oft im Alltagsstress verloren geht. Lasst sie auf euch wirken und bewertet sie nicht.«

Martin versuchte sich auf die Übung einzulassen und sich auf seine innere Ruhe zu konzentrieren, doch sein Ego war stärker und blockierte ihn, einfach loszulassen. Martin lag auf der Matte wie ein steifes Brett und verfiel einem Dauergrinsen.

»Kommt so langsam zu mir zurück. Bewegt eure Finger und Fußzehen. Regt euch und streckt euch und dreht euch bitte auf eure Lieblingsseite und kommt langsam in den Schneidersitz zurück.«

Durch das frühe Aufstehen, tat sich die Hälfte der Yogagruppe damit schwer, sich wieder aus der Ruhephase zu lösen und kam mehrmals gähnend in den Schneidersitz zurück.

»Wir machen heute Yin Yoga. Also mentales Yoga. Das heißt wir machen heute lauter Übungen, die uns trotz Anstrengung in die Entspannung führen sollen. Wir sind im Frühling und das bedeutet wir sind im Holzelement.«

»Ja das passt. Ich fühl mich auch wie ein Stück Holz«, sagte Martin leise vor sich hin und quälte sich aus der Liegeposition in den Schneidersitz zurück. Er fühlte sich wie ein nasser Sack, obwohl er kaum fünfundsiebzig Kilogramm wog bei seinen ein Meter dreiundachtzig Zentimetern Körpergröße.

»Loslassen, Schatz. Einfach loslassen« sagte Anja, die längst wie Inka im Yogahimmel schwebte.

»Wehe ich kann nach dieser Stunde nicht auf dem Wasser laufen, Anja, dann will ich mein Geld zurück« witzelte Martin und schloss wieder seine Augen und legte seine Arme auf seinen Oberschenkeln ab und brachte seine Finger in die Mudra-Haltung, die ihnen der Yogalehrer vormachte. Anja schmunzelte nur und erwiderte nichts darauf. Dr. Ashanti hatte die Nacht über wieder schlecht geschlafen und stand an der

Strandbar und ließ sich vom Barkeeper einen starken Kaffee geben. Er beobachtete die anderen, die auf der Wiese lagen und das Göttliche in sich suchten.

Dr. Ashanti hatte früher während seines Studiums mal einen Yoga-Kurs an der Uni besucht, aber es hatte ihm nie wirklich etwas gebracht. Als Anja in der Gruppe herumgefragt hatte, wer denn mit ihr den Kurs machen wolle, hatte er sich gleich dagegen ausgesprochen.

Auch als sein bester Freund Frank Herrmanns ihm nahegelegt hatte, es doch mal mit Yoga zu probieren, hatte er sich dagegen gesträubt. Er gehörte nicht zu der Sorte Mensch, die sich nur auf sich selbst konzentrieren konnten. Er konnte nicht sechzig Minuten lang nur mit sich und seinen Gedanken alleine bleiben.

Dr. Ashanti brauchte immer Ablenkung von sich selbst. Es kam selten vor, dass er mal gar nichts tat und nur sich selbst reflektierte.

Ihn machte schon allein die Vorstellung verrückt und so vermied er auch nur annähernd jegliche Art von Meditation.

Dr. Ashanti beobachtete, wie sich Steevenson aus einem fremden Zimmer schlich und barfüßig über die Terrassenfliesen in der Hotellobby verschwand.

Kramer kam wenig später mit einer blonden Schönheit aus der Lobby gelaufen und verabschiedete sie mit einem Kuss auf ihre Stirn und marschierte über die Wiese an den Yogis vorbei und näherte sich Dr. Ashanti, der ihm einen guten Morgen wünschte. Huber kam zwanzig Minuten später mit Steevenson zum Frühstück dazu.

»Löst euch nun aus dem Happy Baby und kommt wieder in den Vierfüßler-Stand. Streckt euren Hintern der Sonne entgegen und bleibt mit den Händen fest am Boden.

Verweilt etwas in der Position, dann lauft ihr mit den Händen zu euren Füßen und kommt langsam Wirbel für Wirbel nach oben. Ich bedanke mich bei Euch, meine Freunde und hoffe, wir sehen uns morgen früh wieder.

Danke und NAMASTE.«

Ranshid verbeugte sich und klatschte in die Hände. Dann löste sich die Yoga-Gruppe auf und Inka, Anja und Martin stießen hungrig zu den anderen an den Frühstückstisch.

»Was für ein Spaß, Leute. Ich habe die ganze Zeit nur rosa Elefanten und tanzende Geishas gesehen«, meinte Martin und nahm einen kräftigen Schluck von dem frischgepressten Orangensaft, der an seinem Platz stand.

19

Nach dem ausgiebigen Frühstück mit allerlei Früchten, mit Pancakes, Rührei und Speck ließ Dr. Ashanti seine Gruppe mit vollen Bäuchen am Strand versammeln.

Er kam mit einer Tasche voll Laternen aus Papier und Kerzen dazu, die er sich in dem Esoterik-Laden auf der Hotelanlage besorgt hatte. Der Sand unter ihren Füßen war hauchzart. Die feinen Sandkörner puhlten sich zwischen ihre Fußzehen.

»Es wird Zeit, meine Lieben. Zeit loszulassen«, meinte er und bat sie, einen Kreis zu bilden.

»Fasst euch bitte bei den Händen. Atmet tief ein und aus. Lenkt eure Gedanken auf das Wesentliche. Geht in euch und konzentriert euch nur auf das, was euch am meisten belastet. Sie kennen die Übung. Das Gleiche haben wir letztens im Park versucht. Sie erinnern sich? Nur heute sind wir tausende Kilometer weit weg und hier wollen wir auch unsere Dämonen zurücklassen, die uns quälen. Stellt euch eine große Holztruhe vor. Eine Schatzkiste oder einen Koffer. Oder vielleicht reicht das nicht dann darf es auch etwas

Größeres sein, z.B. ein Container. Egal was, es muss nur etwas sein, das wir hier symbolisch im Meer versenken können. Die Übung soll es uns ermöglichen, unseren Seelenschmerz, unsere Ängste und unser Leid an einen Ort zu verbannen, den wir nicht so leicht erreichen können, wenn wir wieder zuhause sind. Ich möchte, dass ihr alles herausschreit, was ihr nicht mehr in euch tragen wollt. Der ganze Abfall eurer Seele, soll ihm Meer versinken. Es ist heute ein wunderschöner Tag und die Zeit mit Ihnen hier auf Goa ist wunderbar und dass soll Ihnen immer in Erinnerung bleiben, wenn Sie mal wieder schlechte Zeiten und Gedanken heimsuchen und Sie wieder Gefahr laufen, an ihnen zu zerbrechen oder am verzweifeln sind. Sie haben alle so viel geschafft und aufgearbeitet. Ich bin wirklich wirklich stolz auf sie. Auf sie alle.«

Ali Ashanti war den Tränen nah, war die Zeit mit seiner Trauma Gruppe doch emotionaler und erfahrungsreicher, was er nie für möglich gehalten hätte – hatte er zu Beginn doch große Zweifel an dem Erfolg seines Gruppenprojekts zur Traumabewältigung. Die Gruppe hielt sich weiter bei den Händen und warf sich gegenseitig zufriedene Blicke zu. Sie sind sich alle, einer wie der andere, unheimlich ans Herz gewachsen und dieses kraftvolle Band war an diesem Morgen am Paloma

Beach deutlich zu spüren. Dann fuhr Ali Ashanti fort.

»So atmen sie nochmal alle ganz tief ein. Geht in euch. Schließen Sie ihre Augen und jetzt schreien Sie es heraus. Schreien Sie so laut wie Sie nur können und nehmen sie keine Rücksicht.

Es geht nur um das Hier und Jetzt und um euch. Bei drei geht es los. E-iiii-ns ... zwe-iiii ... dr-eeee-ii.«

Ein schriller Schreigesang donnerte über den Strand hinweg. Schreie aus hellen schrillen und dunklen Tönen prallten aufeinander und kollidierten.

»Liiina ... Mörder ... Feuer ... Tod ... Schmerz ... Ute ... Mein Sonnenschein ... Meine Herzdame ... Mein Lieblingsmensch ... Zerstörung ...Wut ... Hass ... Explosion ... Killer ... Stirb du Dreckskerl ... verrecke du elender Bastard ... Mein Baby ... Elias ... Oh Herr, wo warst du nur? ... Shila, Taner ich werde euch immer lieben...«

Alle aus der Gruppe, einschließlich Dr. Ashanti, ließen alles heraus, was ihnen auf dem Herzen lag. Tränen und Heulkrampfschreie bündelten sich.

Ihre Kopfadern drückten sich aus ihren rot angelaufenen Köpfen. Nasenrotz mischte sich mit ihrer Tränenflüssigkeit. Je stärker ihr Gebrüll wurde, desto fester drückte jeder die Hände seines Nachbarn.

»Allah ... Jesus Christus ... Fuck ... Scheißkerl ... Du sollst in der Hölle schmoren ... Du Hurensohn ... Du hast mir mein Kind genommen...«

Mit jedem ausgesprochenen Hassgedanken, fühlte sich einer wie der andere besser. Je aggressiver und intensiver ihre Gedanken wurzelten, desto befreiter fühlten sie sich, als sie sie im Meer versenken konnten.

Dr. Ashanti ließ die beiden Hände neben sich los und forderte seine Gruppe wie ein Orchesterdirigent wieder auf, still zu werden.

»AAAA-hhhhhh, L-iiiii-nnn-aaaaaa...«

Kramer war der letzte, der noch zu hören war. Er ließ ebenfalls die Hände neben sich los und ließ sich im Küstensand auf seine Knie fallen. Jetzt schien sein Gefühlsgerüst zusammenzubrechen.

Er konnte sich nicht mehr zusammenreißen. Er musste sie endlich loslassen. Seinen geliebten Engel, Lina. Plötzlich stand sie wieder vor ihm. In ihrem Badeanzug, einem Sonnenhut auf ihrem

Kopf und einen Schwimmreif um ihre Hüften gelegt.

»Papa, ist doch alles gut. Gehen wir jetzt endlich ins Wasser? Du hast es mir versprochen!«
Kramer blickte nach oben und schaute in Linas erwartungsvolle Augen. Kramer wischte sich seine Tränen aus dem Gesicht und nahm ihre kleine Hand, die sie ihm entgegenstreckte.

»Ja, Schatz. Wir gehen jetzt schwimmen.«
Kramer stand auf und ließ sich von seiner Lina zum Meer ziehen.

Die anderen schauten gebannt auf Kramer, der wie hypnotisiert mit angewinkelten Arm und leicht zusammengekniffenen Fingern, als würde er etwas in der Hand halten, ihren Kreis verließ und auf das Wasser zusteuerte, dass an den Sand stieß.

Inka hatte ihren Mund und ihre Augen weit aufgerissen und folgte Kramer mit ihrem Blick. Steevenson wollte zu seinem Kumpel eilen, doch Dr. Ashanti hielt ihn zurück.

»Lassen Sie ihn, Jonathan. Er muss das jetzt tun. Er muss sich endlich von ihr befreien, sonst schafft er es nie.«

Steevenson verstand. Er blieb stehen und nickte Dr. Ashanti zu. Kramer schaute auf das offene Meer hinaus. Die Wellen schlugen gegen die Felsen und schäumten auf. Er schmeckte das Salz auf seiner Zunge, das über dem schwarzen Meer verdunstete und sich in der Luft verteilte.

Er hielt Lina bei der Hand, der Schwimmreif um ihre Taille wackelte ordentlich, während sie auf das Meer zusteuerten. Auf ihrer Nase befand sich eine dicke weiße Schicht Sun-Blocker, um sie vor der Sonne zu schützen.

Kramer war glücklich. Lina zappelte an seiner Hand, weil sie es kaum erwarten konnte, ins Wasser zu hüpfen und sich mit ihrem Schwimmreif in den Wellen treiben zu lassen.

»Lina, warte bitte noch. Gleich darfst du ins Wasser.«

Kramer wollte den Moment festhalten. Er wollte sie nicht gehen lassen. Er wollte ihn einfrieren. Dann zog Lina an seinem Hemdzipfel und flüsterte ihm etwas zu.

Die Wellen rauschten so laut, dass er sie kaum verstand. Er ging in die Hocke. Dann ging Lina näher an sein Ohr, hielt ihre kleine Hand an den Mund und flüsterte:

»Du kannst mich jetzt loslassen, Papa. Es ist in Ordnung.«

Lina entglitt ihm aus der Hand und lief in die tosenden Wellen. Kramer wollte ihr hinterherlaufen und sie zurückholen, doch er sah nur noch den Schwimmreif in den starken Wellen treiben bis er nicht mehr zu sehen war. Lina war ein für allemal verschwunden. Für immer. Es gab kein Zurück. Inka kam von hinten durch den Sand gelaufen und drückte Kramer fest an sich.

»Ich weiß es tut weh, Christoph, aber sie ist endlich angekommen. Lass endlich los. Lass Sie gehen und Ihren Frieden finden.«

»Es tut so unbeschreiblich weh, Inka.«

»Ich weiß, Christoph. Lass los. Sie wird es guthaben. Glaub es mir.«

Kramer legte schluchzend seine Hand auf Inkas Ellbogen und nahm einen kräftigen Atemzug. Er kämpfte mit seinen Tränen. Inka und er schauten gemeinsam auf das offene Meer und folgten den Sonnenstrahlen, die im Wasser reflektierten und ein magisches Schimmern projizierten.

»Da. Schau hin.«
Inka streckte ihren Arm aus und zeigte auf die Sonnenreflektionen, die auf der Wasseroberfläche einen glitzernden Tanz aufführten.

»Lina ist nicht alleine. Und du bist es auch nicht. Niemand ist alleine, wenn er es nicht will!«
Während Inka Kramer beistand, verteilte Dr. Ashanti unter den anderen seine mitgebrachten Papierlaternen.

»Ich möchte, dass wir symbolisch die Menschen verabschieden, die wir gehen lassen mussten. Wenn jeder eine Laterne hat, nehmen Sie sich bitte eine Kerze aus dem Beutel. Gebt der Laterne noch etwas mit auf den Weg.

Hier habe ich Filzstifte. Schreiben Sie etwas drauf, was Ihnen wichtig erscheint. Was Sie Ihren Liebsten noch mit auf den Weg geben wollen.«

Nachdem sie die Botschaften auf die Papierlaternen geschrieben hatten, ließen sie sie in die Luft steigen. Erst nahmen die Papierlaternen den gleichen Kurs, dann trieb sie der Küstenwind in unterschiedliche Richtungen, bis sie am Horizont nicht mehr zu sehen waren.

<u>20</u>

Der Duft von Glühwein, gebrannten Mandeln, Zimt und Lebkuchen lag in der Luft. Es war der 28.11. Drei Wochen vor den Weihnachtsfeiertagen. Der diesjährige Weihnachtsmarkt um den Wasserturm herum öffnete seine Tore.

Die Budenbesitzer hatten kaum ihre Holzfenster hochgeklappt, kamen auch schon die ersten Besucher und bildeten Warteschlangen.

Die leuchtenden Sternenketten zwischen den Holzbudendächern gingen an und erweckten die ersten Weihnachtsgefühle. Von der Panik der geplanten Terroranschläge auf deutschen Weihnachtsmärkten, die vor einigen Tagen in den Nachrichten kursierte, war heute nichts zu spüren.

Schon am Eröffnungstag tummelten sich Menschenmassen zwischen den Weihnachtsmarktständen. Eltern mit Kinderwägen und Kind an der Hand, Jugendliche, die sich über die Waffel- und Crêpe-Stände hermachten. Verliebte Pärchen, die ihre junge Liebe romantisch mit einem Abendspaziergang feierten. Ältere Pärchen, die mit ihrem Hund Gassi gingen und nicht am Reibekuchenstand vorbeigehen konnten ohne die extra großen Kartoffelpuffer mit einem dicken Klecks Apfelkompott zu probieren. Die Sicherheitsvorkehrungen um die Stände herum schienen niemanden sonderlich zu stören.

Die Zäune wurden zwar wahrgenommen, aber nur kurz belächelt und wieder aus dem Gedächtnis verdrängt. Die verstärkte Polizeipräsenz an den Eingängen blieb weitgehend unbeachtet. Für die meisten fing Weihnachten mit dem Weihnachtsmarkt an, und das wollte sich keiner von anonymen Terrorwarnungen zerstören lassen.

Auf der kleinen Show-Bühne gegenüber vom Grillstand spielte das Kinderorchester der Musikschule bekannte Weihnachtslieder. Einige Besucher standen an den Glühweinständen um die Stehtische herum und wärmten sich an ihrer heißen Tasse mit Glühwein oder Feuerzangenbowle und lauschten der Musik des Kinderorchesters.

Der schwarze LKW mit getönten Scheiben bog von der Autobahn ab und bog in die Allee, die sich bis zur Stadtmitte streckte.

Er überholte einige Autos vor sich und überschritt die zugelassene Höchstgeschwindigkeit von fünfzig Kilometern pro Stunde. Es war kurz vor 19 Uhr und längst dunkel geworden, doch er fuhr, ohne die Scheinwerfer eingeschaltet zu haben. Einige PKW-Fahrer fingen an zu hupen, weil sie von dem schwarzen Lastkraftwagen von der Fahrspur gedrängt wurden.

Die Masse des rollenden schwarzen Kollos aus Metall wirkte bedrohlich und bewegte sich geisterhaft über die asphaltierte Straße.

Zwei Ampeln vor dem Westeingang des hell erleuchteten Weihnachtsmarkts beschleunigte der Fahrer des schwarzen LKWs das Tempo und drängte damit die Autos von der Spur und zwang sie, beiseite zu fahren.

Ein kleiner roter PKW kam von der Spur ab und prallte mit voller Wucht gegen einen Laternenmast. Die Airbags sprangen auf. Die monströsen Reifen des LKWs rotierten schneller.

Die Straße machte eine Kurve, doch der Fahrer des LKWs blieb auf seinem Kurs und fuhr über den Gehweg hinweg und bretterte durch die Hecke, woraufhin einige Fußgänger reflexartig wegsprangen und sich ins Gebüsch retteten.

Der LKW raste mit hundert Sachen über den Rasen, auf dem die massiven Reifen tiefe Abdrücke in der Erde hinterließen.

Dann sprangen plötzlich die grellen Scheinwerfer an und warfen Lichtstrahlen in die diesige

Dunkelheit vor der Lichtkuppel des Weihnachtsmarkts. Einige Besucher, die die rasenden Scheinwerferlichter auf sich zukommen sahen, fingen hysterisch an, zu schreien und wegzulaufen. Doch es war zu spät.

Der schwarze LKW setzte auf den Pflastersteinen auf und fuhr durch die Menschenmenge. Sein breiter Anhänger riss einige Holzdächer und komplette Holzbuden mit sich, bevor er über die kleine Bühne mit dem Kinderorchester bretterte.

Die Kinder flogen mit den Stühlen und ihren Instrumenten von der Bühne, die unter ihnen einstürzte und einige Kinder mit ihren kaputten Instrumenten unter sich begrub.

Der schwarze LKW fuhr weiter durch die engen Gänge, die voll mit Besuchern waren. Ein Kinderwagen wurde von seinem rechten Reifen erfasst und mitgeschleift.

Die Mutter fing an, schrecklich zu schreien, als ihr der Kinderwagen aus den Händen gerissen wurde und versuchte verzweifelt hinterherzurennen, um ihr Kind zu retten, das im Kinderwagen hin und her geschleudert wurde.

Doch es war zu spät. Der Kinderwagen rutschte vor den Reifen, kippte um und wurde vor ihren Augen überrollt. Ihr entsetzlicher Schrei krachte durch die Nacht und ließ das Blut von den Besuchern gefrieren, die in den Nischen zwischen den

Holzbuden standen und Schutz suchten, aber machtlos mitansehen mussten, wie der Kinderwagen mit dem Baby darin von dem LKW-Reifen zerdrückt wurde.

Der LKW raste weiter mit über hundert Kilometern pro Stunde, bis er am Brunnen an dem Messingzaun, der um den Brunnen herum befestigt war, hängen blieb und zum Stehen gebracht wurde. Der schwarze Anhänger des LKWs war eingedrückt und die Scheiben der Fahrerkabine waren zerschmettert und die Splitter lagen im Innenbereich. Der Fahrer des LKWs war durch den Aufprall an der Stirn verletzt worden, aus deren Platzwunde Blut über sein Gesicht lief.

Er versuchte, sich vom aufgeblasenen Airbag, der aus dem Lenkrad herausgesprungen war, herauszulösen. Er trug eine Weste mit befestigtem Sprengstoff und einem Zünder in der rechten Beuteltasche. Mühsam zwang er sich am Airbag vorbei und öffnete die Fahrertür, um sich aus der Fahrerkabine zu befreien.

Überall hörte man nur entsetzliche Schreie und einige Holzbuden fingen durch die umgestoßenen Grills und Kerzen Feuer, das sich rasant ausbreitete und weitere Brände verursachte.

Der schwarzgekleidete Fahrer bewegte sich von seinem LKW weg und starrte in das entsetzliche Inferno aus Gewalt, Tod und Schmerz. Er hinterließ ein Schlachtfeld aus Toten, Verletzten und wenigen Überlebenden.

Der Fahrer bäumte sich vor seinem entsetzlichen Chaos auf. Langsam holte er den Zünder aus seiner Westentasche und legte seinen Daumen darauf. Eine Sondereinheit der Polizei verschanzte sich im Hintergrund und wollte den LKW-Fahrer überwältigen, doch in dem Moment, in dem ein junger Polizeibeamte den Täter mit der Sprengstoffweste von hinten zu Boden reißen wollte, drückte der Fahrer fest auf den Auslöser und löste den Sprengstoff an seiner Weste aus, der sofort explodierte und eine riesige Druckwelle erzeugte, die über die Mitte des Weihnachtsmarkts schmetterte und mit einem Schlag alles um sich herum in Schutt und Asche zerlegte.

Tage nach der Zerstörung und den Aufräumarbeiten durch den Technischen Hilfs Dienst und mehreren Feuerwehrleuten aus dem Umkreis hatte die Landeskriminalpolizei erste Spuren, die zu einem jungen Iraner führten, der seit geraumer Zeit in Deutschland lebte und an der technischen Fachhochschule Maschinenbau studierte.

Er pflegte ein normales soziales Umfeld. Hatte viele Freunde unter seinen Kommilitonen und war laut Aussagen seiner Mitstudenten sehr beliebt und legte seinen extremen Glauben nie offen dar. Sie waren schockiert, dass unter ihnen seit Monaten ein Schläfer war, von dem sie niemals geglaubt hätten, dass er zu solch einer Tat in der Lage gewesen wäre.

Nach weiteren Ermittlungen stieß die Kriminalpolizei auf Spuren, die den jungen Iraner mit einer Terrorzelle in Belgien in Verbindung brachte. Sie konnten seine E-Mail-Konten entschlüsseln und fanden einen eindeutigen Nachrichtenverkehr, den er mit einem der Polizei bereits bekannten Drahtzieher führte, der im Iran unter falschem Namen bereits Terroranschläge in London und Paris plante, die in der Vergangenheit noch in letzter Sekunde verhindert werden konnten.

Als die Landeskriminalpolizei das Zimmer im Studentenwohnheim des jungen Iraner durchsuchten nahmen sie seinen Laptop mit, auf dessen Festplatte sie mehrere Anleitungen aus dem Darknet fanden, um Bomben zu bauen.

Nach den Auswertungen der Festplattendaten, konnte die Landeskriminalpolizei weitere geplante Anschläge um Silvester herum in Deutschland verhindern und die mutmaßlichen Täter vorher festnehmen und damit schlimmeres Unheil verhindern. Die Stadt richtete für die Hinterbliebenen des Anschlags am 28.11. eine Gedenkfeier aus zu der auch die politischen Landesvertreter und die amtierende Verteidigungsministerin eingeladen wurden.

Noch nie war ein Trauergottesdienst in der Christuskirche Anlass solch einer Tragödie gewesen. Trotz der großen Anzahl an Trauergästen, die alle Sitz- und Stehplätze einnahmen, die die Kirche hergab, herrschte eine bedrückende Stille.

Als der Pfarrer vor den Altar trat, erdrückte ihn die dicke Schweigemauer, die sich aus Fassungslosigkeit, Furcht, Schmerz und Zorn vor ihm errichtet hatte. In seiner ganzen Amtszeit, in der er es mittlerweile gewohnt war, in trauernde Gesichter zu blicken, war es noch nie so erschütternd gewesen wie heute. Es war anders.

Heute hatte der Tod mehrere Gesichter. Selbst als Mann Gottes fiel es ihm unsagbar schwer, die passenden Worte zu fassen und sich an die Trauergemeinde zu wenden.

Er stand am Mikrofon und versuchte, sich zu konzentrieren, doch bei jedem Versuch, den Gottesdienst mit seinen Eingangsworten einzuläuten, die er für gewöhnlich bei seinen Trauergottesdiensten verwendete, blockierte sich sein Sprachzentrum. Inka, Hans-Peter, Kramer, Steevenson, Martin und Anja Hellwig wussten zu dem Zeitpunkt noch nicht, dass sich wenig Zeit später ihre Wege kreuzen würden und dass der Grund für ihr

Trauma den gleichen Auslöser hatte und dass sie sich gemeinsam aus diesem Trauma befreien würden. Die Kirche war so voll Menschen, dass sie sich zwar im selben Raum befanden sie doch keine Notiz voneinander genommen hatten. Sie hatten vielleicht bereits nebeneinandergesessen oder in der gleichen Reihe.

Vielleicht hatten sie sich schon in ihre traurigen Augen geschaut, als sie sich bei den aufgestellten Bildern beim Altar vorne verabschiedeten, ohne zu wissen, dass sie einige Wochen später in Dr. Ali Ashantis Praxis wieder aufeinandertreffen würden. Bis dahin hatte auch noch keiner geahnt, dass Dr. Ashanti erst wenige Wochen vorher bei einem schweren Autounfall seine Frau und seinen Sohn verloren hatte.

Nachdem jedoch das Gesundheitsamt und das Ministerium mehrmals die praktizierenden Therapeuten und Psychologen der Stadt eindringlich um ihre Mithilfe gebeten hatten, entschied sich Dr. Ashanti, einige Hinterbliebene für eine Therapie bei sich aufzunehmen.

In den Einzelgesprächen mit Familie Hellwig, Inka Bartel und Hans-Peter Huber kam ihm dann die Idee, eine Trauma-Gruppe ins Leben zu rufen.

Dr. Ashanti verhielt sich seinen Patienten gegenüber professionell und verständnisvoll, auch wenn er innerlich verkrampft war und nur schreien wollte. Er stellte seinen eigenen Schmerz hinter die Bedürfnisse seiner Patienten und verdrängte seinen eigenen Verlust, um stark genug für seine Trauma-Gruppe zu sein.

Er war sich anfangs nicht sicher, ob sich seine Patienten jemandem öffnen und Vertrauen fassen würden, der die gleiche Herkunft hatte wie der Mann, der verantwortlich war für den Tod ihrer Angehörigen. Es war für alle eine Herausforderung und kostete nicht nur seine Patienten unheimliche Überwindung, doch nach den ersten Einführungsgesprächen lösten sich die Bedenken auf und die Zweifel verflogen.

Die Frage »Warum?« hatte sich Dr. Ashanti schon gestellt, seit er alt genug war, um zu begreifen, was in der Welt vor sich geht.

Ali Ashanti verstand schnell, dass der Terror nicht von einem Ort oder einem Land ausging und es nur eine Frage der Zeit war, bis er nach Europa übersiedeln würde.

Nein! Der Terror steckt in den Köpfen der Menschen, egal an welchem Ort sie sich befanden und egal welcher Religion sie angehörten. Der Terror gehört zum Menschsein dazu, egal aus welchem Grund er Früchte trug.

Als Ali Ashanti das während seiner Studienzeit begriffen hatte, fiel es ihm leichter, nicht den

Glauben an die Menschheit zu verlieren und sich den Glauben an seine Herkunft zu bewahren.

Letzter Teil

21

Steevenson klopfte in der Plattenbausiedlung Am Sonnengarten mit der Hausnummer elf, im fünften Stock an die Haustür. Er war nervöser als bei seinem letzten Besuch gewesen.

Die Tür öffnete sich einen Spalt breit und ein kleiner schwarzhaariger Junge mit Locken schaute zu ihm nach oben und bestaunte ihn erwartungsvoll.

»Hallo, Ishan, ich bin es, Jonathan. Johnathan Steevenson. Kennst Du mich noch?«

Der Junge lächelte und nickte dabei und presste den Kopf seines Plüschäffchens unter sein Kinn und seinen Hals und schaute zu Jonathan auf.

Steevenson hatte mit Ishans Eltern einen Termin vereinbart, um wieder ihre Betreuung zu übernehmen, nachdem er in der Versenkung abgetaucht war und sich Monate nicht mehr bei ihnen gemeldet hatte. Der kleine Ishan rannte mit seinen kurzen Beinen und seinem Plüschäffchen ins Wohnzimmer. Steevonson schritt über die Türschwelle in die kleine Zweizimmerwohnung und folgte dem Jungen. Er gab der Haustür mit seinem Fuß einen leichten Schubs, die daraufhin ins Schloss fiel.

Martin Hellwig saß ungeduldig mit seiner Frau Anja bei der Frauenärztin im Wartezimmer und wartete ab, bis sie ins Sprechzimmer gerufen wurden. Nach dem Urlaub auf Goa gab ihm Anja eine zweite Chance und er zog wieder in ihre gemeinsame Wohnung ein. Ein paar Tage danach klagte Anja über Übelkeit und starke Bauchkrämpfe, woraufhin sie sich einen Termin bei ihrer Frauenärztin hatte geben lassen.

Zwei schwangere Frauen saßen noch mit ihnen im Wartezimmer und blätterten in einer Zeitschrift. Dann erklang eine sanfte Frauenstimme über den Lautsprecher und erlöste die beiden:

»Familie Hellwig, bitte in Behandlungsraum vier. Familie Hellwig.«

Als sie im Behandlungsraum vier ankamen, empfing sie die Frauenärztin mit einem breiten Grinsen im Gesicht.

»Setzten Sie sich doch bitte. Ich habe gute Neuigkeiten für Sie!«

Anja und Martin schauten sich mit neugierigen Blicken an und setzten sich auf die Stühle, die vor dem Schreibtisch ihrer Ärztin standen.

»Was soll ich sagen, Frau Hellwig? Übelkeit und Bauchkrämpfe. Das Matt Sein und die Schweißausbrüche. Ihr Abstrich war eindeutig positiv! Sie sind wieder schwanger. Herzlichen Glückwunsch Ihnen beiden.«

Martin blieb die Spucke weg. Anja schoss eine riesige Portion Freude durch ihren Körper. Beide waren sprachlos und außer sich vor Glück und konnten im ersten Moment gar nichts mit der freudigen Nachricht anzufangen. Dann flüsterte Martin Anja ins Ohr:

»Ich habe es dir gesagt, Schatz. Wir beide gehören einfach zusammen. Auf immer und ewig.«

Anja nahm Martins Hand und küsste seinen Handrücken.

Kramer wachte wieder mit einem Kater auf und neben ihm lag wieder eine seiner nächtlichen Eroberungen aus seiner Lieblingsbar. Sie hieß dieses Mal Maja, hatte rotblondes, langes Haar und war Lehrerin für Kunst und Biologie.

Sie übernachtete seit drei Wochen fast täglich bei Kramer und sie hatten sich mehr zu erzählen, als nur der gewöhnliche Sex-Talk während sie miteinander schliefen. Es fühlte sich mit ihr auch ganz anders an, wenn er mit ihr intim war.

Maja war die erste seit langem, bei der er mehr investierte, als nur seine abgedroschenen Abschleppfloskeln. Er fühlte sich wohl in ihrer Nähe und sie brachte ihn zum Lachen.

Jetzt, wo er die Wohnung für sich alleine hatte, brachte sie wieder Leben in seine vier Wände. Beim Frühstück und beim Abendessen saß nun nicht mehr Lina vor ihm sondern Maja, die er sich nicht einbildete.

Die echt war und dazu bildhübsch und klug. Sie störte es nicht, dass er auf dem Bau arbeitete und gerne ins Fitnessstudio ging. Sie fand es sogar extrem sexy und schmiegte sich gerne in seine starken tätowierten Arme, wenn sie auf der Couch kuschelten und fernschauten.

Bald würde er den anderen aus der Therapie Gruppe Maja endlich vorstellen, wenn sie sich wieder zum Grillen bei Hans-Peter in seinem Reihenhaus trafen, nachdem er ihnen schon so viel von Maja vorgeschwärmt hatte und Inka ihm unmissverständlich zu verstehen gab, dass es richtig sei und er kein schlechtes Gewissen haben musste, einer neuen Frau in seinem Leben wieder einen Platz einzuräumen und dass er endlich wieder Liebe verdient hätte. Und das gab ihm Maja.

Liebe und Geborgenheit und ein neues Zuhause. Hans-Peter und Inka entschlossen sich, ihren Urlaub auf Goa um eine Woche zu verlängern, und es war die beste Entscheidung der letzten Monaten gewesen, abgesehen davon, an der Gruppensitzung ihres Therapeuten Dr. Ali Ashanti teilgenommen zu haben, denn ohne die Gruppe hätten sie nie zueinander gefunden und sich ineinander verliebt. Hans-Peter bat Inka am vorletzten Abend, mit ihm nach dem Abendessen am Strand spazieren zu gehen.

Die Nacht war lau und ruhig. Ein leichter Küstenwind wehte und Hans-Peter reichte Inka seine Jacke, damit sie sich nicht verkühlte. Sie standen bei den Felsen und lauschten dem Rauschen der Wellen. In dem Moment, als er Inka die Jacke über ihre Schultern legte, drückte er sie fest an sich heran und gestand ihr seine Liebe.

Als der Rest der Gruppe abgereist war, liehen sie sich einen Mietwagen aus und fuhren um die ganze Insel. Sie ließen nichts aus und nahmen jede Eindrücke mit, die Goa zu bieten hatte.

Sie nahmen sich Dr. Ashantis Reiseführer vor und machten die Ausflüge, die er rot markiert hatte und die sie in der einen Woche mit anderen zusammen nicht geschafft hatten.

Wieder zuhause in Mannheim angekommen beauftragte Inka einen Makler, der ihr Haus in der Oststadt verkaufte und sie zog zu Hans-Peter mit in sein Reihenhaus. Er meinte nur zu ihr, als sie auf seine Frage hin, ob sie sich vorstellen könnte, bei ihm zu leben, um Bedenkzeit gebeten hatte, sie beide wären jetzt in einem Alter, in dem man keine Zeit mehr verstreichen lassen sollte.

Doch wenn er eins über sie gelernt hatte, dann das, dass er ihr so viel Sicherheit und Vertrauen vermitteln musste, wie er nur konnte. Und das tat Hans-Peter! Er war Inkas Fels in der Brandung, auf den sie sich in jeder Lebenslage verlassen konnte. Trotz seines Sarkasmus und seinem holzigen Humor war er der Ruhepol, den Inka so dringend benötigte, um endlich wieder in Frieden leben zu können. Seit dem Tod ihres Mannes hatte sie nie wieder jemanden so nah an sich herangelassen wie Hans-Peter.

Nicht, weil er ihrem Mann unheimlich ähnelte oder er sie an ihren Mann erinnerte, sondern vielmehr, weil er vom ersten Tag an, an dem sie sich neben ihn in der Gruppentherapie gesetzt hatte, eine Aura ausgestrahlt hatte, die sie sofort in seinen Bann gezogen hatte. Hans-Peter war gut zu ihr und füllte ihr Herz mit Liebe.

Hubers Tochter und ihre Lebensgefährtin hatten Inka gleichermaßen in ihr Herz geschlossen und nahmen sie herzlich in der Familie auf und seine Tochter war froh, dass ihr Vater endlich wieder eine neue Frau an seiner Seite hatte, die ihn überglücklich machte.

22

Dr. Ali Ashanti stand mit einer Farbrolle und einem Pinsel in der Hand in seinem Sitzungsraum vor den kahlen weißen Wänden. Neben ihm drei große Farbeimer mit Wand- und Deckenfarbe in einem Farbton, den er sich im Baumarkt hatte extra zusammenmischen lassen.

Der Farbton hieß „Sanfter Morgentau", das verriet ihm der Aufkleber, der auf dem Farbeimerdeckel klebte. Er öffnete den Deckel des ersten Farbeimers und tunkte die Farbrolle hinein.

Es blieb dabei etwas grüne Farbe an seinen Fingern haften. Dr. Ashanti zögerte, dann streifte er die Rolle am Farbgitter ab dann setzte er die Farbrolle voll Farbe an der Wand an und rollte über die weiße Raufasertapete.

Er hätte die ganze Praxis von einer Malerfirma streichen lassen können, doch er musste es selbst tun. Er musste es alleine tun. Er musste es für sich tun, um endlich seine Vergangenheit loslassen zu können und mit ihr abzuschließen und wieder nach vorne blicken zu können. Er konnte nicht immer nur an seine Patienten die guten Ratschläge verteilen. Dieses Mal musste er sie befolgen und sich selbst retten. Der erste Farbstreifen war noch ungleichmäßig deckend und blass.

Doch je fester er die Farbrolle an die Wand presste und nachdrückte und sich die Farbe aus den Fasern der Farbrolle mit den Poren der Raufasertapete verband, desto stärker kam der sanfte Grünton zum Vorschein, den er sich aus dem Farbfächer mit hunderten verschiedenen Grüntöne ausgesucht hatte.

Für den Warteraum und den Flur entschied er sich für einen hellen Senf Ton und sein Arbeitszimmer bekam die steinblaue Schönheit als Anstrich. Mit jedem Überstreichen der weißen Tapetenstellen nahm er von den Erinnerungsfetzen seiner Vergangenheit Abschied.

Gegen Abend kam sein guter Freund Frank Herrmanns in seine Praxis und brachte einige Schwarzweiß-Bilder mit schwarzen Rahmen und Zimmerpflanzen mit, die sie gemeinsam in den Räumen aufhängten und verteilten.

Als sie fertig mit dekorieren waren, begossen sie das neue Erscheinungsbild der Praxis mit ein paar Flaschen Bier. Mit jedem Zentimeter, mit dem die weiße Fläche verschwand, begann Ali Ashantis Schmerz zu heilen und seine Vergangenheit zu ruhen. Frank Herrmanns bestärkte seinen Freund, dass es richtig war, sich von der Last zu entledigen. Er hatte versucht, Ashanti auszureden, die Wiederaufnahme des Verfahrens bei Gericht gegen den Fahrer des Fahrzeugs, der durch seine fahrlässige Tötung Ashantis Frau und dessen elfjährigen Sohn auf dem Gewissen hatte, zu besuchen. Doch Dr. Ashanti ließ sich nicht abbringen, der erneuten Anhörung beizuwohnen.

Er fühlte sich stark genug. Seine Trauma-Gruppe hatte über die Monate soviel Mut und Kraft bewiesen und ihm glückliche Momente beschert, dass er endlich in der Lage war, dem Verursacher des Unfalls gegenüberzutreten, ohne ihm vor Wut und Hass an die Gurgel springen zu wollen und den Wunsch zu verspüren, dessen Leben ein Ende zu setzen, um Gerechtigkeit zu erfahren. Die Zeit mit Inka, Hans-Peter, Anja, Kramer und Steevenson war die beste Zeit seit dem Tod seiner Frau und seines Sohns gewesen. Er war nicht mehr alleine mit seinem Schmerz.

Wenn er im Gerichtssaal sitzen würde, dann nicht alleine, sondern mit den anderen gemeinsam. In seinen Gedanken. In seinem Geiste.

Sie waren seine Kraft. Sie steckten in seinem Seelenfrieden, den er mit sich geschlossen hatte.

Ende

Nachwort

So ist die Happyness, die Inka, Anja, Martin, Kramer, Steevenson, Huber und Dr. Ali Ashanti auf Goa verzaubert hatte, nicht mehr von der Seite gewichen und begleitet sie weiterhin und schenkt ihnen immer dann Trost, wenn sie wieder mal Momente ereilen, an denen sie an ihre Liebsten erinnert werden, die ihnen so schmerzlich aus dem Leben gerissen wurden. Und wenn man glaubt, die Welt würde stehen bleiben und man würde aufhören zu existieren, weil ein wichtiger Teil weggebrochen ist, dann gibt es manchmal diesen einen Ausweg, der nur darauf wartet, von einem entdeckt zu werden. Hat man ihn dann tatsächlich gefunden, was manchmal schneller passieren kann als man sich vorstellt, dann muss man einfach die Gelegenheit ergreifen und ihn mit offenen Armen empfangen. Glück wächst nicht auf Bäumen oder an Sträuchern, Glück ist was wir daraus machen. Tod, Schmerz, Angst, Verlust und Trauer gehören genauso zu unserem Leben wie Liebe, Freude und Glückseligkeit. Manchmal gehen sie sogar Hand in Hand. Sucht also nicht das Glück auf der Straße, sondern nehmt das Glück selbst in die Hand. Und wenn

Euch die Geschichte gefallen hat, dann dürft Ihr Euch auf ein baldiges Wiedersehen mit Ali Ashanti freuen, denn es ist bereits eine Fortsetzung in Arbeit. Bis dahin freue ich mich es schreiben zu dürfen und hoffe, dass auch die neue Geschichte um Dr. Ali Ashanti für Euch ein Lesevergnügen sein wird.

Mit besten Grüßen

Marc Schneid

Bereits erschienen

Marc Schneid
»Canarian Nights«
Kurzgeschichten aus dem Süden

Marc Schneid
»Call me now« Roman

Tristan Soviak
»KALEM– Schüler ohne Reue
Vogtners und Tannenbergers Erster Fall«
Krimi

Marc Schneid
Coming in Coming out
(Kurzgeschichten)

Marc Schneid
Gundel und ihre Geschwister
– Mein Burnout und ich
(Ratgeber)

Marc Schneid
Stadtgeflüster